ビオレタ

寺地はるな

JN184990

ポプラ文庫

ビオレタ

一

　道端で泣くのはやめなさい。泣くのは結構。大いに結構。だけどこんな雨の日に道端にしゃがんで泣くような、そんな惨《みじ》めったらしい真似はやめなさい。他人に見せつけるような泣きかたをするのはやめなさい。不幸な自分に酔うのはやめなさい。それからそんな風に哀れな子犬のような目でこっちを見るのはやめなさい。

　その女の人は一息にそう言うと、猫の首を持ちあげる要領でわたしの襟《えり》を摑《つか》み、立ちあがらせた。わたしはなにがなにやらわからぬまま、憤怒の形相で立っている相手を見あげていた。雨だか涙だかわからないものが頰をぬるく伝う。

「来なさい」

　身長百七十センチほどもある長身のその女の人は、百五十センチのわたしをずるずる引き摺《ず》るようにして、自分の家まで連れていった。黒い傘をさしていて、わたしには一切傘を向けることもなく真っ直ぐに前を向いて歩いていく。

玄関に入ると、いきなりバスタオルでずぶぬれの頭をごしごしと拭《ふ》かれた。呆然《ぼうぜん》とされるがままになっていると「いい加減、自分で拭きなさい」と叱《しか》られた。拭き終えると靴を脱いで上がるよう命令された。まさしく命令だった、その口調は。廊下を通って、「居間」だという部屋に通される。居間、といってもテレビとかソファーとか家族の写真を並べた棚とかそういったものは一切見当たらず、それなのにひどく雑然としている、という印象を受けた。正面の壁に沿って巨大な机のようなものが置かれ、その上がひどく散らかっているせいだろう。

居間はキッチンカウンターを隔てて台所と繋《つな》がっており、そのキッチンカウンターにくっつけるようにして置いてあるダイニングテーブルの椅子を女の人は静かに引き、「座りなさい」とまたわたしに向かって命令した。

女の人は台所に入っていき、しばらくすると湯気のたつマグカップを持ってきてわたしに渡してくれた。良い人だな、と思ったのもつかのま、ひとくち飲んで吐きそうになった。この凄《すさ》まじく苦くて臭い液体は一体なんなのだ。

「まずいでしょう、それ」

オレンジジュースの缶を振りながら、にやと笑い、それから「わたしの名前は北《きた》村菫《むらすみれ》です」と英文和訳のような喋《しゃべ》りかたで自己紹介をした。

「そもそも、なんであんなところで泣いてたの、あなたは」

謎《なぞ》の液体のあまりのまずさに悶絶《もんぜつ》しているわたしを見おろして、菫さんが尋ねてきた。両の拳はぎゅっと握られており、仁王立ちとはこういう状態を言うのだ、とぼんやり思った。それほどに菫さんの姿は迫力に満ちていたのだった。

婚約破棄。泣いていた理由は、このように一言で簡潔に説明できる。

話があるから来てほしい、と慎一《しんいち》からメールが来た。なぜか行ったこともない町にあるファストフード店を指定された時点で、おそらく良い話ではあるまいと電車に揺られながら思っていた。

快速や急行の停まらない駅を中心にして、ナントカ銀座というような名の商店街のある、真新しいマンションと古くて小さな家屋がごちゃまぜに建っている、どこにでもあるような特徴のない、風情《ふぜい》もない、道端にゴミだけは沢山落ちている、そういう町だった。指定されたファストフードの店は、すぐに見つかった。午後二時の、親子連れがギャアギャア喚くやら高校生のカップルがいちゃいちゃするやら床にはフライドポテトが散乱しているやらで混沌とした空間に、慎一はいた。青ざめたような顔をして、背筋を伸ばして、両手を膝の上で重ねて座っていた。入り口に立ってその姿を目にした時点で、これはもう絶対に良い話ではあるまいと思った。

「結婚、やめよう。ていうか別れよう」

やはり。どちらかの家で言ったら刃傷沙汰になるかもしれないとでも思ったのだろう。人目のあるところならそこまで修羅場にもなるまい、万が一わたしがあばれだしたとしても生活圏内でなければ知り合いに目撃される可能性も低い。そういう目論見《もくろみ》で、慎一は自宅から遠く離れた場所にあるこのファストフード店を指定したのに違いなかった。

「僕は、妙《たえ》を幸せにする自信がなくなった」

わたし幸せにしてくれって頼んだことあったかな。ないよね。うん、頼んでない。結婚が「他人から幸せにしてもらう制度」ではないことぐらいは知っていますけど、などと思いながら一応「頼んでないよね？」と確認してみる。慎一は困った顔で俯《うつむ》いた。ハの字に下がった眉を見ていると、なにか自分がひどく理不尽なわがままをつきつけているような気がしてきた。いやいや待て、突然わがままを言いだしたのは慎一のほうであるぞ、と考え直す。

「妙はさあ、ちょっとこどもすぎると思うんだよ。結婚するにはさあ」

わたしはよほど慎一が二十八歳にもなっていまだに母親から「慎たん」と呼ばれ

ていることや、夕刻にスナック菓子を食べ過ぎてご飯を残し、母親に怒られることが頻繁にあるという事実をあげつらって「あ、あんたのほうがこどもだろうが」と言ってやりたかったがこらえた。それを言ったが最後、ほらそういうところがこどもなんだよと鬼の首をとったように告げてくるに違いない。

あのさ、と言いかけた声が信じられないほど震えていた。咳払いをすると、慎一がびくっと肩をすくめた。

「あのさ、もうみんなに言っちゃったよ。会社も先週辞めちゃったし。知ってるでしょ」

慎一とは四年近くつきあっていた。顔が雛《ひな》人形みたいなところがまず、好きだった。気が弱くて、ちょっと頼りないけれどもそこがかわいいと思っていた。

慎一のプロポーズのことばは「結婚、しとこうか？」みたいな弱々しいもので、先々月の両家揃《そろ》っての食事会でも、ひとり浮かぬ顔で窓の外を眺めて「うわあ、雲がどんどん形を変えていくよ……」みたいなことを呟《つぶや》いていたし、結婚が決まってからどんどん痩《や》せおとろえていくし、男にもマリッジブルーがあるのねと呑気《のんき》に考えているうちに、慎一の心はわたしになんの断りもなく結婚をやめる方向に舵《かじ》をきっていたらしかった。

四年だぞ。心の中で呟く。二十三歳から二十七歳までの（おそらく）わたしの女としての最も良い時間ではないか、日数にして何日だ、時間にして何時間だとあさましくめまぐるしく計算してしまう。女の四年をなめるな。

「なんで？」

心の中で四年、四年、と唱えながら尋ねる。

「妙を嫌いになったわけじゃないんだよ」

まったく答えになっていないことを慎一は言い、わたしは思わずああこれはもうだめだ、と小さく呻《うめ》いた。そんなきれいな嘘をついて。嫌いでないなら別れる必要があるか。別れたい理由を告げて、泣かれたり喚かれたりするのが面倒なのだ。もうそんな風に本音をぶつけて喧嘩《けんか》をする価値もない相手なのだ、わたしは。わたしを納得させるより、ここで自分が嫌な思いをしないことのほうが重要らしい。

「だって、みんなになんて言えばいいわけ？」

慎一は「さっきからそればっかりだな」と不機嫌そうにストローを咥《くわ》えた。緑色の液体がストローをのぼっていく。メロンソーダ。腹が立つ。無性にメロンソーダに腹が立つ。婚約を破棄しながら炭酸のはじける感じを楽しむな。わたしはテーブルの上の、自分のアイスコーヒーの紙コップを両手で握りしめる。

あまりに強い力で握りしめたために、蓋《ふた》が「べこん」という間抜けな音をたてて外れ、中身が勢いよく溢《あふ》れだしてテーブルと床に茶色い水たまりをつくった。焦って咄嗟《とっさ》に、ハンカチで拭いた。

その白いリネンのハンカチは、隅のほうに刺繍《ししゅう》してあるTというイニシャルのかたちがとても凝っていた。何年も大事に使っていたから勿論汚したくはなかったけれども、しかたなかった。

拭き終えて茶色く染まったハンカチを握りしめながら黙っていると、慎一が「ねえ、妙。わかってくれるよね」と機嫌をとるような、やけにやさしい声を出した。

「わかんない。いやだ」

わたしは小さな声で呟いたつもりだったが、存外店内に響いた。斜め前の高校生カップルの女子のほうと目が合い、その瞳に憐憫《れんびん》のような好奇のようなものが浮かんでいるのを認めた瞬間ぶつりと我慢の糸が切れた。

「いやだいやだいやだいやだいやだいやだいやだいやだいやだいやだいやだいやだいやだいやだいやだいやだいやだいやだ、絶対にいやだーッ！」

声がどんどん大きくなって、最後は悲鳴のようになった。店の中にいる全員が、凝然としてこちらを見ていた。目の前にあるトレイを摑んで投げつけようかどうか悩んでいると、慎一が溜息《ためいき》をついて両手で顔を覆った。

「妙。結婚ってふたりでするものだろ。どっちかが『もう無理』って思ったらもう絶対に無理なんだよ」

「……無理？」

「無理」

無理、ということばが、わたしの脳天に突き刺さる。無理ということばの、鋭利さときたら。

よろよろと立ちあがり、店を出ていくわたしを慎一は止めなかった。ファストフード店を出て、歩いているとぽつりぽつり降りだした。いいやこれぐらい、と思っているとどんどん激しくなった。ふられたうえに雨に降られるなんて。大昔のドラマ。もしくはコント。恥ずかしい、なにこれ恥ずかしい。おそらく紅潮しているであろう頰を両手で押さえながら、わざと足を踏み鳴らして歩いた。

なんで？　また思う。嫌いになったわけじゃないと言った慎一の顔を思い浮かべようとしたが、つい最前のことなのに既にぼやけて、代わりにはじめて会った頃の慎一の顔ばかり思い出された。

友人の結婚式の、披露宴の二次会の、それもかなり後半になってはじめてことばを交わした。なんか雛人形っぽい男の人がいるな、という感じで視界にはずっと入っていた。慎一は新郎の会社の後輩だと自己紹介をして、入社二年目でまだおたおたしていると情けなさそうに話した。わたしもいまだにおたおたしてます、と言うと慎一は嬉しそうに笑った。やさしい女の子だと思った、と後になって言われた。

はじめてのデートのときに道に迷った。予約していたレストランの場所がわからなくてぐるぐるぐるぐる歩いて結局見つからなくて、食堂のようなところで生姜《しょうが》焼き定食を食べながら涙目になっている慎一を頼りない、と思った。頼りなくてかわいい、と。生姜焼きおいしいよ、と言ったら慎一はやっと笑った。

そうだ、はじめての誕生日にはケーキを焼いて持っていったのだった。ひどい出来だった。いつも通りの手順で作ったはずなのに、スポンジがものすごくかちかちになっていた。前日に「ケーキなんて作れるんだ。妙ってすごいんだね」と慎一に言われたことを思い出しながら浮かれて計量していたので、粉の分量を間違えたのかもしれない。半泣きで「失敗した、ごめん。やっぱりお店で買う」と電話をすると慎一は「いいからそれ、持ってきてよ」とやさしい声で言ってくれた。そして、ふたりで「おいしくないね」と言い合って食べたのだった。

あんなにまずいものを食べさせられたのに、やっぱり慎一は楽しそうに笑っていた。笑顔笑顔笑顔また笑顔の記憶ばかりが、慎一のプロモーション映像のごとく脳内にとめどなく流れる。思い出してどうする。こんなことを。いまさら。

どこだろう。どこで間違ったんだろう。どこで慎一はわたしを「僕の人生に必要のない女」だと判断したのだろう。四年間のどこまで遡《さかのぼ》れば、やり直せるのだろう。

やり直せない。時間は遡れないし、それにもう慎一は決めてしまっていたのだ。

「別れたほうがいいように思うがどうか」という提案ではなかった。「別れたい」とはっきり言った。「無理」とまで。

涙がこぼれる。あ、泣いてしまった、と思ったら力が抜けた。それで、へなへなとその場にしゃがみこんでしまった。

誰かがちっと舌打ちして脇を通っていった。雨がいっそう激しさを増して、いよいよみじめになって、しゃくりあげそうになったとき、前方から歩いてきた菫さんに「ちょっと、あなた」と野太い声で呼び掛けられたのだった。

話を聞き終えた菫さんは仁王立ちのまま、わたしを見おろしていた。

「コーヒーを拭いたのは、そのハンカチ?」

菫さんから手元を指さされて、いままでずっとハンカチを握りしめていたことに気づいた。

「そうです」

「もったいない、紙ナプキンで拭けばよかったのに」

茶色く染まったイニシャルの部分を見てしきりに残念そうにしている。なぜこの人はこんなにハンカチのことばかり気にするのだろう。

「紙ナプキンは、無駄遣いしちゃいけないと思って」

「無駄遣い？」

「ええと、あの、資源の」

それを聞いた菫さんは、唇をぎゅっと小さく窄《すぼ》めた。顎《あご》に、梅干しのような皺が寄っている。どうやら笑いをこらえているらしい。

「お店の人に雑巾を借りればよかったのに」

「それは嫌です」

「どうして」

「だって店員は『こいつ別れ話切りだされて、動揺してアイスコーヒーぶちまけてやがんの』って絶対思ってるはずだし、そういう相手に雑巾を借りるというのは、ちょっと、どうも」

「ああ、そう」

菫さんの唇の下に、また梅干しができた。その表情のまま、わたしをまだ見おろしている。

「ええと、泣いていた理由については以上です」

おわかりいただけましたでしょうか、という意味を込めて、わたしは菫さんを見あげた。

「わからない」

無理だと思いつつ体裁を気にしてそのまま結婚されるより良かったのではないか、結婚と離婚というのは手続きその他が非常に面倒なものである、聞く限りどうやら彼の言う「無理」というのは「結婚が無理」であるということなのに、なぜあなたは自分の存在そのものを「無理」と否定されたかのように泣いていたのか、という点がどうしてもわからないので詳しい説明を願う、というようなことを菫さんは言った。

「詳しい説明、と言われても」

菫さんは頬に手をあてて、なにか考えている様子だった。

「まあそれは、そのうちわかるかもしれないし。だから、ここで。この店で働きなさい」

なぜこの人とわたしとが、わかり合う必要があるのだろうか。というか、店？

そう言われて、あらためて部屋を見渡した。床にビールケースぐらいの木箱がいくつも置いてあって、布きれやらレースやらリボンやらが飛びだしている。別の箱には塗料のようなもの。

机の上に散らかっていたものは、よく見てみるとビーズの入った透明のプラスチックケースや糸が入っているらしいビニール袋や端切《はぎ》れらしかった。奥のほうにミシンもある。

「お店って、あの、何屋さん……ですか？」

「雑貨屋」

「はあ」

「アクセサリーとか、人形とか、あと棺桶《かんおけ》を売ってる」

あと棺桶、と言うとき、なぜか菫さんはわたしを眼光鋭く見つめた。びくっとして、思わず背筋をのばす。

「棺桶？」

菫さんがびしっと自分の右側にある扉を指さした。玄関から入ってきたのよりもすこし小さい、茶色い扉。この扉からも行けるけど、外側から入りなおしましょう、第一印象は大事だから、などと言う。

「はあ」

わけがわからぬまま、玄関に戻る。靴を履いて外に出ると、雨はもうあがっていた。あらためて門扉を見ると、『北村』という表札の下にかまぼこ板ぐらいの小さい札がかかっていて、そこに『ビオレタ』と記されており、その下に右向きの矢印があった。

「これがお店の名前ですか?」

「そう」

菫さんは、今度は玄関の扉を開けずに家の右手に向かって進んでいく。家を取り囲んでいる低い塀と家とのあいだには一メートル程の幅がある。

だだっ広い庭があった。その気になれば家がもう一軒建てられそうな感じがする。庭の中央にでんとヤマボウシの木が植えてある。庭でいいのかな、とためらいながら思う。草がぼうぼうに生えていて、庭というより荒地と呼ぶほうが正しい気がする。

「そっちじゃない、こっち」

わたしが庭ばかり眺めていたせいか、菫さんが苛立《いらだ》った声を出した。顔を左側に向けると、ガラス戸があった。どうやらこれがお店らしい。

客はさぞ入りにくかろう、とまず思った。だって普通の家の門扉から入って、玄関を横目に通り過ぎていかないとならないなんて。

築六十年の自宅の一部を改装したという店は、六畳ほどしかないという。菫さんはポケットから鍵《かぎ》を取りだして、木枠にガラスのはさまった引き戸を開けた。かなりすり減っているらしく、開くとみりみり、みりみりという音がした。きちんと閉めても隙間《すきま》風が入る、と菫さんが無表情に説明した。

こんな店で働けと言われてもなあ、と思っていたのに、一歩足を踏み入れて並べられた雑貨を見た瞬間思わず「わあ、すごい」と歓声を上げてしまった。

小さな女の子はよくきれいなもの、たとえばお菓子についていたリボンや造花、きらきらした石や貝殻なんかを大事にしまって自分だけの宝箱を作ることがあるけど、その宝箱の中に入ったようだ、と思った。かわいらしいブックカバーとかポーチとか、それからぬいぐるみ。奥の棚に並べられた宝石箱のようなもの。

きれいなもの、素敵なものが沢山つまっているお店。そのきれいなものを作ったのが隣にいるこの無愛想な女の人だと知って、またびっくりした。

「どうする？」

いつのまにか菫さんはレジの手前に、また仁王立ちしていた。

「働く？」

その言いかたはほとんど詰問《きつもん》に近かった。お店はかわいい。この人は怖い。かわいいと怖いの板挟みになったわたしは、気づけば「あっ、はい」と答えてしまっていた。

それが、わたしと菫さんの出会いだ。

いまから、半年前のことだ。

二

いつも心に棺桶を。

出勤すると、これを唱和する。社訓である、と説明された。意味が全然わからない。庭に出て、太陽にむかって唱和する。今日も、もちろんやった。はじめのうちはいやで堪《たま》らず、俯き加減でぼそぼそ声を出していたが、ある日業を煮やした菫さんに「声が小さいッ」と背中をどやしつけられ、以来ご町内に響き渡るようなバカでかい声を出すようにつとめている。

有限会社ビオレタ。菫さんの店は、一応法人組織になっている。いまは亡き菫さんのお父さんの会社を引き継いだそうだ。菫さんのお父さんの時代はわりと羽振りが良かったらしい。お父さんはこの家と、いくばくかの現預金と、貸駐車場と貸地を菫さんに遺した。

菫さんのお父さんの時代は、雑貨屋ではなく鮮魚の仲買みたいなことをしていたそうだ。現在草ぼうぼうの庭には当時小さなプレハブの建物があって、そこを事務所として使っていたらしかった。

ビオレタはスペイン語で菫という意味らしい。ひとり娘に関係のある名前にしようとしたのだろう。普通ならばスミレ水産とかスミレ鮮魚とか名付けそうなところだが、いやいやもうちょっとカッコ良い名前にしたいよな、英語じゃあちょっとなんだな安直だ、そうだスペイン語なんてのはどうだ、いかすねえ、洒落《しゃれ》てるねえ、という按配《あんばい》でつけたのではなかろうか。有限会社ビオレタ。代表取締役、北村菫。

輸入家具でも扱っていそうな響きだと、わたしには感じられる。菫さんはビオレタ、という名をあまり好んではいない様子であるが、それでも社名変更する気はないらしい。

　菫さんのお母さんはかわいらしいものが好きで、とりわけ雑貨の類《たぐい》が大好きで、既製品を買ってきては手先の器用な娘に「こういうの、作れる？」と尋ねてきたという。菫さんはそれらを観察し、ときには分解して作りかたを探り、菫さん曰く「それよりもっとよくできたものを」お母さんにあげたのだという。

　菫さんがお母さんと手芸材料の店に行ったとき、お母さんが提げていた鞄《かばん》に目を留めたお店の人が「よくできているので、十個ほど作ってうちの店に置かせてもらえないか」と頼んできたのだそうだ。その十個が納品して数日で完売したことを菫さんのお母さんはひどく喜んだという。それが、菫さんが自分で雑貨を作って商おうと思ったきっかけだと聞いている。いつかは自分の店を、と菫さんが夢を語った際に「きっと素敵な店になるよ」と励ましてくれたお母さんはそれからまもなくして病死した。その翌年に同じ病気でお父さんが亡くなり、それから数年後に、菫さんはこの店をひらいた。そう聞かされている。

　社訓の唱和が済むと、菫さんは居間兼作業場に籠《こも》る。そしてそこでミシンをかけたり、刺繡をしたり、ビーズを繫いだり、棺桶の蓋に絵を描いたりする。

わたしはレジの現金を数える。小銭が足りなければ銀行に走る。店内を軽く掃除して、あとは椅子に座って客を待つ。しかしながら滅多に来ない。店のレジの裏に入り口とは違う扉がある。廊下を隔ててはじめてここに来た日に菫さんが指さした居間の茶色の扉と繫がっているので、用があればすぐ呼べる。お互いに。最初はひとりで店番をするのが不安だったのでちょっとしたことで「菫さん、あのう菫さん」と呼びに行っていたが、じきに「何回もうるさい」と怒られた。

レジの操作はいちばん最初に教えてもらったが、いちばん慣れるのに時間がかかったものでもある。飴《あめ》色の、骨董《こっとう》品みたいな代物なので、うかつに触ったら壊れそうな気がしたのだった。小銭の引き出しが開かなくなる、レシートが出なくなる、などあらゆるトラブルを想像しては「そうなった場合の対処法は」としつこく尋ねてやっぱり怒られた。「熱意は買うがうるさい」とのことだった。「だって壊れそうで」と言うと「壊れるかもしれない」と菫さんは答えた。だとしてもただ動かなくなるだけだ、爆発して店ごと吹っ飛ぶわけではない、と。

菫さんが売る棺桶というのは、人間や動物の遺体を入れるためのものではない。現在店の陳列棚に並んでいる商品は全ててのひらにのるほどの大きさで、いずれも菫さんの手によって装飾が施されている。木の箱に絵が描かれたもの。花の絵が多い。またあるものは紙の箱に布が貼られ、レースで縁取《ふちど》られている。色鮮やかなボタンやビーズをちりばめてあるものや、ガラスでできているものも多い。見た目はただの宝石箱、というよりも菫さんは当初、宝石箱のつもりでこれを作ったらしい。

菫さんの店に来る客は、殆《ほとん》ど女性だ。でも菫さんが店をひらいてまもない頃、ひとりの年老いた男性がやってきた。百歳ぐらいに見えた、と菫さんは言う。

鶴のように痩せた体を、灰色の背広で包んだその人は、杖をついて大儀そうに入ってくるなりぐるりと店内を見回した。そして棚の上の宝石箱を手に取り、はっきりとした声で「これは棺桶だね」と言ったそうだ。これ、棺桶みたいだね。でもなく、棺桶として使ってもいいね。でもなく、これは棺桶だね、と。

菫さんは否定も肯定もしなかった。そんなにもきっぱりと言われては、ということらしい。

店の隅に、小さな丸いテーブルと椅子が二脚ある。老人はそこに箱を置いて、それから背広の内ポケットに手をやり、万年筆を取りだしたのだそうだ。臙脂《えんじ》色の、古いものではあるけれど大切に使ってきたのが一目でわかるような、そういう万年筆だった。菫さんは箱の底に、ガーゼのハンカチを敷いてあげた。老人はそこに万年筆を収めて、それから「花を入れてあげたい」と言ったらしい。菫さんは庭に行ってシロツメクサを摘んできた。万年筆の周囲は花で埋めつくされた。老人はそっと蓋を閉じて、それから蓋の表面を長いこと慈しむように撫《な》でて、蓋の絵がすりへるのではないかと思うほど撫で続けたのちに「しかるべき場所に埋葬してあげたい」と菫さんに告げた。そしてなぜか菫さんは思わず「うちの庭でよろしければ」と申し出てしまったのだそうだ。

棺桶はヤマボウシの木の下に埋められた。それが済むと、老人は短く礼を言って去っていった。以来姿を見せない。万年筆にどのような思い出があったのかは一切語られることなく、また菫さんも問わなかった。

アルバイト初日、菫さんはわたしにそう説明してくれた。あなたにもそういうものってあるでしょう。感情でも、記憶でもいいけど、そういうのを埋葬する必要のある人がいて、ならばわたしはその人たちのお手伝いをしてあげたいと思ったのです。行き場のないものを引き受けてあげるぐらいのことはしてあげたいと思ったのです。なぜか菫さんは、過去の話をするときはですます口調になる。理由は知らない。

若い人、若くない人、男の人、女の人。小学生ぐらいの子が棺桶を買いに来たこともあった。いずれも煙草《たばこ》の吸殻とか、割れた皿とか、動かない時計とか事情を知らないわたしには「なぜだ」としか思えないようなものを持ってくる。箱はその人が選ぶこともあるし、菫さんが「これですね」と決めてしまうこともあるし、寸法が合わなければ一から作る。棺桶あります、と看板を出しているわけでもないのに、こういうお客さんは定期的に来る。たぶん特殊なものを求める人の特殊な組合みたいなものがあって、その人たちのための特殊な場所で、ビオレタの名が密やかに伝達されているのだと、わたしは推測している。密やかに、口頭で。あるいはインターネット的なもので。

　その人たちが持ってきた品は、菫さんの手によって絹の布、あるいは真綿に包まれる。棺桶が庭に埋められ、それを見届けると、お客さんは安堵《あんど》したような顔で帰っていくのだった。菫さんはその人たちに事情を問わない。にもかかわらずその人たちと菫さんは「わかりあっている空気」をびしばしと発散していて、その空気を共有できないわたしは非常にさびしい気持ちになる。

　あるとき「ねえ菫さん、わたし婚約者にもらった指輪をまだ持っているんですけど庭に埋めさせてもらえますか」と尋ねてみたら、居間で作業をしていた菫さんは絵筆を持った手を止め、冷たく言い放った。

「燃えないごみに出せばいい」

翌日慎一の写真を持っていくと、もっと冷たい口調で「燃えるごみ」と言う。

「え、ちょっと、どうしてですか」

「フン、そんなもの」

菫さんは人の元婚約者を「そんなもの」呼ばわりして、また棺桶の蓋に絵を描く作業に戻った。

「だって、なんか仲間に入れなくてさびしいんですもん」

なおも言い募ったら、菫さんは眉をわずかに動かして、絵筆を置いた。

「田中《たなか》さん」

「はい」

「わたしはあなたのさびしさを埋めるためにあなたを雇っているわけではない」

話はそこで終わってしまい、結局指輪も写真も処分しそびれて、いまだに部屋の押し入れにある。


正午になると、わたしは店の戸に鍵をかける。それから居間に入っていく。菫さんの昼食を作らなければならない。この間《かん》にやってきたお客さんには呼び鈴を押してもらうことになっている。滅多に来ないけれども。

「お昼、どうします」

働きはじめて少したった頃、菫さんが「親戚が鯵《あじ》をたくさん送ってきた」と困っていたことがあった。どうしましょう困るのよねえこういうのどうしましょうほんとどうしましょうと騒ぎ続けるので、仕方なく台所に入って鯵フライを作ってあげた。日頃から無愛想な物言いをする菫さんはそのときだけ異様に相好を崩して喜び、おいしい、素晴らしい、揚げかたが絶妙であると褒めそやし、満更でもなくニヤニヤして謙遜《けんそん》などしているうちにいつのまにか以後毎日昼食を作るという約束をさせられていたのだった。菫さんはホットケーキしか作れないらしい。ホットケーキだけ作れるようになるほうが難しいと思うんですけど、と言ったら「だってそうなんだもの！」と怒られてしまった。

朝と晩はどうしているのか知らない。よくトマトやりんごなどを買って置いてあるから、そういうものを齧《かじ》って済ませているのかもしれない。

「喫茶店っぽいものが食べたい」

菫さんのリクエストは常にざっくりとしている。居間と台所を仕切るカウンターに、胡瓜とトマトが無造作に転がっていた。これ使っていいんですか、と尋ねると針を動かしながら、ああいいよいいよ、もちろんいいよ、と答える。視線はこちらに向けない。

「ホットサンドでいいですか」

「喫茶店っぽいね」

冷蔵庫からハムを取りだす。薄く切ったトマトと胡瓜の水気をとって、パンを軽くトーストするあいだに、薄い卵焼きを作る。

焼けたパンにマスタードを塗りながら、居間に目をやる。菫さんは作業をやめて、ダイニングテーブルについていた。目を閉じて、左の拳で右の肩をとんとん、叩《たた》いている。四十肩というやつかしら。五十になったら、五十肩と呼ばなくてはいけないのかしら。誕生日からそう呼ぶのかしら。そうなのかしら。ぶつぶつ呟いている。わたしの返事を待っている訳ではない。語尾がかしら、のときはひとりごとなのだ。あまりにうるさいので一度「かしらかしらってなんなんですか」と尋ねたら菫さんは「なにそれ、そんなこと言ってないんですけど」と眉間に皺を寄せ、その直後に「一体なにを言ってるのかしら」とぼやいていた。わたしは時間にして三分ぐらい「もしかしたら、からかわれているのかしら」と思い悩んだ。

菫さんはドーベルマンに似ている。無駄な肉がなくて、凛々《りり》しい。作る雑貨はレースやリボンを多用した愛らしいものが多いが、菫さん自身はいつも同じような黒い色の、筒みたいな形のワンピースを着て、長い髪を一つに結んでいる。髪飾りは使わない。

　作業に没頭しているときや、黙ってなにごとかを考えているときの菫さんの横顔はたいそう美しい。劔岳《つるぎだけ》、じゃなくてもいいけどとにかく高くて険しい山を連想させる、峻厳《しゅんげん》とした美しさがある。わたしはいつも、その横顔に目を奪われる。口に出したことはない。ドーベルマンや劔岳にたとえられて喜ぶ女の人は稀《まれ》であろう。

　開け放った窓から小さな蝶《ちょう》だか蛾《が》だかわからない虫が入ってきて、しばらく部屋の中を飛んだのちまた出ていく。居間の窓は庭に面していて、そのうえ網戸が壊れているため虫はいつでも出入り自由なのだった。

　ホットサンドの皿を置くと、菫さんはしずかに両手を合わせてからゆっくりと食べはじめた。わたしが食べるとぼろぼろとパン屑《くず》がこぼれ落ちるのに、向かいの菫さんの皿はきれいなままだ。鼻で吸引しながら食べているのかもしれない。パン屑を。

「田中さんは、ほんとうにお料理が上手ね」

「こんなの、誰でも作れますよ」

小学生でも、誰でも、菫さん以外は、とはさすがに言えない。

わたしの母はわたしがごく小さいうちから家事全般、とりわけ料理を覚えさせることに力を注いでいた。ねえ妙ちゃん。ごはんがおいしいと幸福でしょ。だから料理は、幸福になるための手段。などと言う。

間違ってはいないのだろう。でもモヤモヤする。だって、母の考えている幸福とはあくまでも結婚、そして出産、および家庭生活の継続、に限定されているらしいのだ。モヤモヤする。

「こどもを産んでこそ、女は一人前」などとも頻繁に言う。さらにモヤモヤする。でも母には言えない。モヤモヤする、などと言えば母は自分の人生を否定されたように感じるのでは、という懸念でまたモヤモヤする。

その話をすると菫さんは「へえ」と目を見開き、なにか言いたそうにしたが、黙っていた。どうせがんばってお料理覚えたのに、でも結局婚約破棄されたのね、みたいなことだろう。口に出さないだけの思いやりはあるらしい。

「母はきっとわたしが意見をすれば『じゃあそれ以外の幸福ってなんなの』と言います。そしたらちゃんと返せる気がしない自分に、これまたモヤモヤするのです」

モヤモヤスパイラル。無間モヤモヤ地獄なのだ。わたしが言うと、菫さんは自分の爪を見ながら「とりあえず田中さんは、相手の返答をいちいち予想するその鬱陶《うっとう》しい癖《くせ》を直したら良いと思うのよ」と物憂《ものう》そうに答えるのだった。こう言ったらこういう返事が来るに違いない、だから言うのはやめとこう、なんて先回りして黙りこんでいたらねえ、なにも伝わらないよ、とこれまた物憂そうに付け加えた。

「だって傷つけたくないですから。母を」

菫さんは爪を見たままブッと吹きだす。

「お母さんを傷つけるようなひどいわたし、になりたくないだけでしょう。あなた自分の要求はなんのためらいもなくばんばん言うじゃない」

「言ってないですよ」

「言ってる。時給上げてほしいとか、商品買うとき従業員割引してほしいとか」

「それは別にいいじゃないですか！」

ええ、まあいいけども。と菫さんは半笑いで立ちあがり、作業台に戻る。

時給が安い。みょうちきりんな「棺桶を売る」という仕事内容以上にわたしを困惑させた理由。県の最低賃金についてネットで調べてしばらく悩んだのち結局まあいいや、と諦《あきら》めた。実家暮らしだから、収入が減ったところですぐさま路頭に迷ったりしないだろうし、だからまあいいや、と。

そもそもあれだ。なぜここで働くことを了承したのかというと婚約破棄によるショックで普通の精神状態ではなかったから、という理由に他ならないのだから。

もちろん菫さんの手による雑貨が素敵だったから、というのもある。菫さんが施した刺繡や絵、その中にいる鳥や動物は、ちゃんと呼吸をしているように見える。精巧とかリアルというのとは違う。デフォルメされたデザインであっても、いきいきとしているのだった。色や素材の組み合わせも、他の店で見る同じようなものよりずっと良い。

でも、ずっとこの店で働くわけではない。ここはとりあえずの場所だ。いまはちょっと新しい仕事を探す気力がないから、ここにいるだけだ。そう思っていたのに、いつのまにか半年も経ってしまっている。

食べ終えたお皿を洗って、また店番をする。繰り返すようだが、お客は来ない。先程の菫さんの指摘を、若干のいまいましさと共に思い出しながら、ノートを開いて大きな字で書いてみる。

相手の返答を予想してものを言わない。

このノートは、アルバイト初日に買ったものだ。レジの横あたりに並べてあった。レースや布製のステッカーをコラージュした表紙がとてもかわいらしくて、思わず菫さんに「これ買います」と告げたのだった。仕事の内容をメモしたり、業務日誌のように使おうと思っていた。

一日一頁《ページ》ぶん、毎日なにかしら書こうと頑張っていたが「客ゼロ。暇」などとしか書けないような日も多くて、結局仕事に関することを書いていたのは最初の二週間だけだ。

九月三十日　客、またゼロ。その記述を最後に、業務日誌は終わっている。

慎一は死ぬほど下痢しろ。

翌日の頁を開くと、こう書いてある。最初、慎一は死ね、と書きかけていやいや、それはさすがに、と躊躇《ちゅうちょ》して死、の後をこのように書いた。

小学校四年のときの担任だったヤマモトエミコ先生は「願望や目標はノートに書くと、実現します。書くことで、考えもまとまるし、自分を客観視できるから、書くのはとても良いことです」と言って最初の授業でクラス全員に小さなノートを配った。落書きに使って後は放置していた子もいたけど、わたしは「なるほど！」としきりに感心して毎日、早起きする、とか忘れ物をしない、とか書き連ねていた。ヤマモトエミコ先生は一学期の終わりに産休をとり、その後卒業するまで学校には戻ってこなかった。ノートは、続けていた。三学期までは。

死ぬほど下痢しろ、の次は「花粉症に悩まされろ」とか「抜け毛増えろ」とか書いてある。書かずにはいられなかった。その後も十日間ぐらいずっと慎一の不幸を願う文言を書き連ねてある。

この時期のわたしは、昼間は店にいることで気が紛れている節もあったけれども夜になるともう駄目で、ひとりになるとめそめそ泣いてしまっていた。楽しかったことばかり思い出す。たとえば前髪を切り過ぎたときに慎一から「へんだけど見ようによってはかわいく思えなくもないよ」とおかしな慰めかたをされたこととか。そういう、どうでもいいようなやりとりをもうすることができないのだ、と思ってはまためそめそ泣いていた。もう思い出したくない。ノートをぱたんと閉じる。

夕方まで、お客は誰も来なかった。今日もたいそう、暇な一日でした。閉店前にやっと女子高生の二人連れが来て、鞄につけるチャームをおそろいで買っていった。売上は、千円のみ。あんまりだと思って、自分で棺桶をひとつ買った。素材は木、蓋には薔薇《ばら》が描かれている。煙草の箱ぐらいの大きさ。それを選んだ理由は、特にない。強いて言えば、きれいだったから。

「婚約指輪入れて勝手に庭に埋めたりしないでよね」

横目で見ながら、菫さんが言う。よほど嫌なようだ。

「わかってますよ」

これからなにを入れるか考えるんだから。そう言うと、菫さんはふーんと答えて、レジを操作するわたしの手元をじっと見ている。

三

真っ直ぐ家に帰ってもよかったが、気が変わった。千歳《ちとせ》さんの店に寄ることにした。菫さんの店と駅をはさんで反対方向の、商店街の先にその店はある。木造の、横長いアパートの一階のひと部屋が、店舗になっているのだった。アパートの玄関には『ラ・アパートメント』という木の看板がかかっている。正式名称は『サクラ・アパートメント』らしいが、なにかのアクシデントで看板の左端が欠損してしまったそうだ。

ガラスの扉を押して入っていくと、レジカウンターに寄りかかっていた千歳さんが顔を上げた。妙ちゃん、と名を呼ぶ。唇が持ちあがって、きれいな歯が覗《のぞ》く。顎のところに、ひげの剃《そ》り残しがあった。千歳さんは不器用らしく、いつも最低一か所はひげの剃り残しをしているのだった。

はじめて会ったときは、自分よりひとまわりぐらいは年上かな、と思っていた。だから四十五歳、という年齢を聞いたときにはちょっとびっくりした。

「もうすぐ店閉めるから、上で待っててよ」

上、というのは自分の部屋のことで、千歳さんはこのアパートの二階に住んでいる。合鍵はもらっているけれど、使ったことはない。勝手に入るのは気が引けるから、いつも店のほうに顔を出す。

千歳さんの店は『チトセボタン』といって、ありとあらゆる種類の釦《ボタン》を取り扱っている。働き始めて一週間目ぐらいに、菫さんのおつかいではじめて来た。

「ここで待っててもいい？」

棚の上や中央に据えられたテーブルの上のガラス瓶を眺めながら尋ねる。色とりどりのボタンがキャンディのようにガラス瓶につめられて並んでいる様は、ちっとも見飽きない。ボタンの素材は木、貝殻、ガラス、陶器と様々で、かたちもまた円形、三角形、薔薇のかたち、小鳥のかたち、と驚くほどの種類がある。わたしはここに来るまで、この世にこれほどの種類のボタンがあることを知らずに、というか意識することなく生きていた。

「いいよ、もちろん」

千歳さんはそう言って、レジの手前のソファーを指差す。体を動かすたびにギイギイと変な音がするけれど座り心地が最高のソファーで、ひとたび腰掛けると立ちあがる気力を奪われる。

千歳さんは電卓を叩いている。帳簿をつけているようだ。わたしは極力ギイギイを響かせないように配慮しながら座り、それを見つめる。

はじめておつかいでやってきたとき、千歳さんはほんとうに嬉しそうににこにこしていた。

「へえ、菫さん、こんなかわいい女の子を雇ったんだ。これからはちょくちょくおつかいに、いや用がなくても遊びに来てね。新しい楽しみができたよ。嬉しいなあ、妙ちゃんっていうんだ。かわいいね」

そのことばは慎一の件でぱさぱさになっていた心にしみた。乾いた土に降る雨のごとくしみた。しみわたった。このとき千歳さんは、別段わたしに気があったわけではなかった。誰にでも、とりわけ女の人にはすこぶるやさしいから、これぐらいのことは挨拶《あいさつ》がわりに言うのだ。後から知った。

チトセボタンへのおつかいは二週間に一回ほどだったが、わたしはそれが待ち遠しかった。菫さんが無愛想で怖かったので、特に最初の一か月ぐらいはものすごく緊張していたのだ。千歳さんは気さくな人だったので、この店に来て無駄話をするときだけは心が休まった。三度目におつかいに来たとき「菫さん元気?」と問われて「よくわかりません、全然笑わないし」と答えたら千歳さんはぶっと吹きだして「だろうね」と言い、それから「あのね、菫さんはおいしいものを食べると笑うはずだよ」と教えてくれた。それからまもなくして鯵フライの一件があって、千歳さんの発言の正しさは証明された。

わたしは鞄からノートを取りだした。慎一への呪詛《じゅそ》を書き連ねた後の頁には、こう書いてある。

とりあえず誰かとつきあう。

誰かと一緒にいれば、慎一のことを忘れられると思った。ただそれだけの理由で、わたしは千歳さんを選んだ。この人を好きになろう、と思ったのだ。

菫さんがドーベルマンだとすると、千歳さんは柴犬だろう。顔が似ているというわけではなく、あくまで全体の雰囲気が。いつも口角がきゅっと上がっている。

そのくせ時折、鋭い視線を向けてくる。わたしはそれを「スナイパーの眼」と名付けていて、その視線に出くわすと動けなくなった。びくっとする、ということばでは足りない。比喩でなく呼吸さえ止まった。そうして次の瞬間にはまた柴犬に戻る。

目立つ欠点がないかわりに際立った魅力もない顔だと思う。似顔絵を描こうとすると困るような顔だとも思う。その顔は、にこりと笑うと極端に印象が変わる。花が開くように、あるいは光が射すように顔が明るくなる。千歳さんが笑うと、いつも「いいものを見た……」としみじみした気分になる。偶然に虹を目にしたときのように嬉しくなる。そういう笑いかたを、千歳さんはする。

こういう男の人は危ない、というわたしの直感は当たっていて、千歳さんは非常に女の人にもてるらしかった。

十二月に入って最初のおつかいに来たとき、千歳さんはレジで領収書を書きながら「妙ちゃん、今日寒いし、うちに来ない？」と言った。なんでもないことのように言われたのでつい「え、はい」と答えてしまった。

するとと千歳さんはびっくりしたように顔を上げて「え、いいの？　わー、嬉しいなあ。言ってみるもんだね」とにこにこした。あんまり手放しに喜ぶので、なにか善い行いをしたかのような錯覚をした。

部屋に上がって、まず玄関先で床に落ちているヘアピンを発見した。洗面所に置き忘れられたマスカラもあり、うんざりした。ヘアピンとマスカラはそれぞれ別の女のもののようだった。千歳さんは別段悪びれもせずに「女の人に言い寄られると断れない」などと柴犬のくせに色男みたいな台詞《せりふ》を口にするのだった。なんかこの人むかつくなあ、というわたしの思いを敏感に察したらしく、千歳さんはさっとわたしの手を握って「妙ちゃんはかわいいなあ」なんぞと機嫌をとってきた。

手を握られたまま「いまから性交をするのは構わないのですが、長い時間をかけないでほしいのです」と告げた。千歳さんがふしぎそうに「門限でもあるの」と尋ねてきたので、そうじゃなくて、あんまり長い時間あちこち触られたり舐《な》められたりすると飽きるし、疲れるし、しまいには眠くなる、と説明したのだった。性欲が薄いとかそういうことではないのです、ただ集中力が長続きしないのだということをわかってほしいのです、とも。これとまったく同じことを以前慎一にも言ったが、そんなのはおかしい、女として問題があるんじゃないか、とひどく不興を買った。でも千歳さんは「なるほどなるほど、まあ人それぞれ好みはあるよね」と鷹揚《おうよう》に頷《うなず》き、「じゃあシンプルな感じで」と部屋のカーテンを選ぶような調子で言い、わたしはそれがおかしくて、はじめから終わりまでずっと笑っていた。

　とりあえずこの人でいいやと思った。慎一のことを忘れるまで、さびしさを紛らわせられたらいいや、と。千歳さんはきっと、わたしが次なる恋人を見つけて去っていったとしても平気な顔でまた別な女に「ナントカちゃんはかわいいなあ」と言うに違いない。

　とりあえずの職場と、とりあえずの恋人との、とりあえずの日々を今日まで過ごしてきている。

　つらつら考えていると、千歳さんが突然「ねえ妙ちゃん。俺、今日どうしても酢飯が食べたいんだけど」などとへんなことを言いだした。

「じゃあ駅前の回転寿司に行こうよ」

「まわっているお寿司じゃなくても良いんだよ、妙ちゃん」

「いや回転しているほうが良い」

わたしはノートを鞄にしまいながら強固に言い張った。所得の低そうな千歳さんに遠慮をしているのではなくて、ただほんとうに回転寿司というものが好きだからなのだ。

「ワンダーランドって感じがする。お寿司がぐるぐるまわってるところが。席に取り付けられている、熱湯が出てくる装置がまた良い。あれ大好き」

「ああ、そう？」

千歳さんはいまいち共感できない様子だった。わたしはあの装置を自宅のテーブルに設置したいほどだというのに。

商店街を通りぬけるあいだも、豆腐屋のおばさんや和菓子屋の奥さんが千歳さんに声をかける。そのたびにいちいち足を止めて「ヨシエさん、ご主人の腰痛の具合どう」とか「ミツコさん、このあいだもらった羊羹《ようかん》、美味《おい》しかったよ」などと答えるので、なかなか回転寿司屋に辿《たど》りつけない。商店街の奥さん連はみんな、四十五歳の男性をチトセちゃんチトセちゃんと呼んでもう夢中なのだった。いま気が付いたが、千歳さんは女の人であれば、相手が九十五歳ぐらいであっても絶対に下の名前で呼ぶ。奥さんとかおばあちゃんなどとは、絶対に言わない。そういうところですか。千歳さんの、そういうところがいいんですか。あなたたちは。

千歳さんの斜め後ろに所在なく立ちながら、彼らの会話の終了を切望する。どうでもいいよ。ヨシエの夫の腰の調子なんかどうでもいいんだよ。

ミツコとやらは千歳さんとことばを交わすたびにちら、とわたしに目をやる。それだけのことで、はじかれた、と感じる。千歳さんに「被害妄想だよ」と笑われる。どうしても笑い返せない。

ようやく回転寿司屋に辿りつき、カウンターに腰をおろして「千歳さんとあのあたりを歩くといつもこうだよね。五分で歩ける道でも、十五分かかる」と刺々しく言ったらしずかに微笑《ほほえ》まれて、それ以上なにも言えなくなってしまう。千歳さんはすごい。ほんのすこし笑うだけで、わたしから声を奪う。

「妙ちゃんは、思ったことがすぐ顔に出るね」

「そう？」

うん。千歳さんは頷いて、自分の唇の端についたビールの泡を拭った。

「さっき商店街のとこで、ずっと不機嫌そうに唇とがってたよ」

「そんなにとがってた？」

千歳さんは「うん。鳥のくちばしみたいだった」と笑う。いくらなんでもそれはさすがに言い過ぎではないだろうか。

「そんなことより千歳さんは、どうしてボタン屋さんになったんだっけ？」

話を逸《そ》らしたいというただそのためだけに、いままでに十四回ぐらいした質問を投げる。

「いじらしいからだよ」

そして千歳さんは、いやな顔もせずに律儀に同じことを答える。

「シャツなんかの右側と左側を繋ぎとめてるだろ。小さい体で、いじらしいじゃないか。ボタンというやつは」

毎回、それを聞いて笑う。へんなことを考える人だ。

目の前を流れていくレーンを眺めていると、千歳さんが足元に置いたわたしの手提げ鞄から覗いた紙袋に目を留めた。

「なにか買ったの？」

「うん。棺桶」

「なにか入れるの？」

「ううん、特には。でもなんとなく、ちょっと買ってみようと思って」

ちょっと買ってみようと思って、なの？　千歳さんは笑っている。

「ちょっと買ってみようと思って、だよ。ねえ千歳さんなら、なにを入れる？」

うーん。千歳さんは箸《はし》を止めて、考えこんでいる。

「なんだろう、わからない」

「そっか」

「ちょっとそれ、宿題にさせて」

「え、そこまで真剣に答えてくれなくてもいいんだけど」

「いやいや」

泊まっていってもいいよと言われたが考えた末、断った。あまり長い時間を過ごしてはいけない。なにかの拍子に「とりあえずの人」以上のものを感じてしまいそうで、それが怖いのだった。千歳さんを愛したくない。わたしは千歳さんを心から愛したいとは思っていない。

回転寿司屋を出て、駅までは送ってもらう。

駅前には木蓮の木が数本、植えてある。千歳さんが、見て見て妙ちゃん、ぼんぼりみたいだね、と指差す。

「白い花は暗闇《くらやみ》でも浮かびあがって見えるからいいよね」

顔をのぞきこんできて「ね」と笑う千歳さんはまたもや、わたしの声を奪う。目を逸らして、曖昧《あいまい》に頷いた。

家に帰ると、父が居間で囲碁の雑誌を読んでいた。母の姿は見えない。音量を絞ったテレビは、ニュース番組を映しだしている。

「お母さんは？」

「カラオケだそうです。もうすぐ、帰ってくるんじゃないかな」

さっき電話がありましたからね、と言いながら父は老眼鏡を外して、テーブルの上に置く。眉間のあたりを揉《も》むような仕草をしている。母は何十年も前にレコード（CDではない）を一枚だけ出したことがある老人が開いている歌の教室に、もうずっと通い続けている。更に昨年から絵手紙教室とハワイアンキルト教室にも通い始め、その会合だなんだとしょっちゅう家を空ける。わたしの十倍ほど充実した、多忙な日々を送っている。それはもう潑剌《はつらつ》としている。

いっぽうの父は去年会社を定年退職して、こちらはもっぱら家にひとりでいる。毎日家で過ごすようになって、昼の一時ぐらいから放映されている主婦向けのドラマを観る習慣がついたらしい。マユミがマユミが、と母に話しているので誰のことだろうと思っていたらドラマの登場人物のことだった。

したよ」

「よろしいですなあ。お父さんはあなた、梅干しと海苔《のり》でさびしく夕餉《ゆうげ》を済ませました
父は、ほほう、というような息をもらす。

「食べてきた。お寿司」

「お前、ごはんは」


「嘘ばっかり」

台所のテーブルに置かれた野菜炒めと煮魚の皿を指差すと、父はギヒヒと笑う。

コートを脱いでいるわたしを、父は口元に笑みを残したまま見ていた。観察しているのだろうか、と思う。慎一との結婚が駄目になって以来、両親はなんとなくわたしに気を遣うようになった。なったような気がする。

慎一との結婚が駄目になったと告げたとき、ふたりはたいそう落胆し、駄目になった理由を知りたがった。でも一方的に別れを告げられました、などとは恥ずかしくてどうしても言えず「話し合って決めたことだから」とうそぶいたが、なんとなく「一方的に別れを告げられたんだね」と看破されている気がする。

五歳違いの姉は結婚してふたりの娘がいる。樹璃菜《じゅりな》と玲緒菜《れおな》という、やたら画数の多い名前の娘たちの目の部分だけを黒い線で隠した画像を頻繁にネットで発信す

るのが好きなようだ。なんか犯罪者の画像みたいだねと言ったら、あやうく失禁しかけるぐらいの剣幕で怒られた。わたしは目の部分だけを黒い線で、というその手法に疑問を呈《てい》しただけなのに、姉の怒号たるや凄まじかった。以来その話題は避けている。

四歳違いの弟は高校卒業とほぼ同時にクラスメイトを妊娠させ、十九歳で父親になった。この弟の奥さんというのが非常にたくましい人で、息子を「地球最強の男に育てる」という壮大な目標を掲げているのだった。

わたしが婚約破棄された直後には「妙ねえさん、男なんて星の数ほどいるんすよ、なんなら紹介しますよ、あたしの知り合い」と鼻息荒く言ってやおら携帯電話をいじりはじめ、画面上で指をせわしなくシュッシュシュッシュと移動させて、知り合いだとかいう男性たちの画像を見せてくれたが、全員もれなく「昔はやんちゃしてたっす」みたいなことを言いだしそうな鋭角的な眉毛の持ち主だったので丁重に断ると「もう、元気出さないとだめっすよ！」と背中をばしりと叩かれた。

「あの子、品がなくていやだ」と姉は弟の奥さんのことを嫌う。しかし姉も別段上品な人ではないのだからお互い様だと思う。

姉も弟も家庭を築き、それなりに充実した人生を歩んでいるというのにわたしは婚約者と職を失い、あのような小さい店でアルバイトをしている。二十七歳でフリーター、国民年金の支払いも滞りがち。

心配をかけていることは百も承知で、それでも知らぬ顔をしている。へたになにか言って、そろそろしかるべきところに再就職、あるいはお見合い結婚をせよなどと言われたらかなわない。いまのままではいられないことはわかっていて、わかりすぎるほどわかっていて、でもいまはそのことを考えたくない。

扉が開いて、母が顔を覗かせた。

「ただいま」

「おかえり」

父は居間に入ってきて上着を脱ぐ母に向かって「楽しかったかい」と尋ねた。

「うん。それはもう」

母は答えて、鼻歌まじりに台所に向かっていく。テーブルの上の、手つかずの皿に目を留めて、わたしを見る。

「妙は、外で食べてきたの？」

「え、うん」

母は、ふーん、と頷いて戸棚から湯吞みを取りだすなどしている。気に障ったのだろうか。

「いけないの？」

わたしがおずおずと言うと、母はおかしそうに笑った。

「いけなくはないけど。それより妙、先にお風呂どうぞ」

その言いかたは、まるで歌っているように聞こえる。

お母さんってなんでいつもあんなに上機嫌なんだろうね、と皮肉っぽく呟くと、父が「いつも上機嫌なのは素晴らしいことじゃないか」とふしぎそうにわたしを見た。そして、

「そういえば」

思い出した、というふうに父が言う。

「おばあちゃんの七回忌、どうする」

わたしはチャンネルを変えようと手にとったテレビのリモコンをふたたびテーブルの上に置く。父はお寺に行くのにマイクロバスを借りるから人数を早目にミキさんに伝えないといけないそうだ、と母の姉である伯母《おば》の名を口にした。

「七回忌というのはもちろん、あれですよね。親戚一同が集まる、あの」

「そうですよ」

父はかすかに首を傾げながら、戦慄《おのの》くわたしを見ている。

「欠席でも、構わないんだよ」

「いや、大丈夫だよ。行くよ」

母方の親戚は皆やかましい。とにかくよく喋るし、声が大きい。そしてデリカシーがない。かけらほどもない。そんな彼奴等《きやつら》になんで結婚だめになったの？　新しい彼氏は？　仕事は？　と質問攻めにされて途方に暮れるわたし、泣きながらマイクロバスの窓を開け走行中に飛びおりるわたし、あるいは法事の最中に錯乱して木《もく》魚《ぎょ》を叩く坊さんの頭をリズミカルに叩くわたし、そして寺からつまみだされるわたし、などを次々と思い浮かべながらも、必死に虚勢を張る。

「妙、ほんとうにお父さんたちは構わないんだよ」

たえ、という父の声色に目を伏せる。

「お風呂、入るね」

立ちあがり、居間を出た。

なにもすぐ会社辞めることないのに。赤ちゃんができたらでいいじゃない、と母は残念そうに言っていた。結婚が決まったとき。

湯につかりながら、勤めていた会社のことを思い出す。塔のように細長い自社ビルの一階は楽器屋、二階は事務所、三階は貸スタジオ、四階と五階は音楽教室、という会社だった。新卒で入って去年辞めたのだから四年とちょっとは働いていたことになる。すごく入りたくて入った会社ではなかった。そこしか受からなかった、というだけの話。

わたしは二階で経理事務の仕事をしていた。事務員はもうひとり、十歳年上の白《しら》石《いし》さんという女の人がいて、日中はその人とふたりきりだった。男の人たちは外回りに出てしまうから。

入社して、まず白石さんは会計ソフトの入力のしかたを説明してくれた。メモを取ろうとしたら「メモ取るの禁止だから」と言われた。戸惑っていると「書いたことで安心してしまって、覚えなくなるから」と説明された。後日操作のしかたでわからないことがあって質問したら「最初の日に言ったからね。同じこと、二度は言わないから」とのことで、わたしは白石さんのルールみたいなものをなんとなく理解し、それからは説明を受けた後はトイレに直行し、急いで覚え書きを作ることにした。こっそりと。

なんかへんだなと思いながら、でも会社とはこういうものなのかもしれない、などと自分に言い聞かせたりしていた。

白石さんは「田中さんって、ゆとり世代だもんね」とよく口にした。お昼休みなんかに世間話をしていて、わたしがちょっとおかしなことを言ってしまったらしいときなどに。それから、仕事でなにかへまをしたときにも。

「あの書類、間違ってたから」

どこがどう間違っていたのかは一切説明せず、質問しても「しかたないよね、ゆとりだもんね」とにこにこする。白石さんの作った書類をコピーして家に持ち帰って、たぶんこの箇所がいけなかったのだろうと推測し、また覚え書きを作らねばならなかった。

わたしの分の仕事もやるせいで、白石さんの残業時間はどんどん増えていった。手伝います、と言っても田中さんに頼めること？　うーんごめん、ないなあ、と笑われる。その笑いかたが嫌いだった。目が三日月みたいになって、唇が歪《ゆが》む。

昼休みに携帯電話で、誰かと話していた。「存在自体がいらつく」と白石さんはわたしのほうをちらちら見ながら言って、くすくす笑った。

営業の男の人が「できない後輩がいると苦労するよね」という趣旨のことを言うと「仕方ないですよお」とにこにこしていた。なにか質問するたびに「わかんないか。いいよ、わたしがやっとくから」と白石さんは笑顔を返す。質問の答えはいつも得られなかった。ちゃんと頑張って覚えたいので教えてください、と頼むと白石さんは更ににこやかに「ねえ知ってる？　わたしなりに頑張ります、じゃだめなんだよね、仕事って」と言ったりする。

　どうしていいのかわからなくなって、上司にも相談してみた。わたしの話を聞き終えた上司は「君の話を聞いていると、別に白石さんに非はないように思うんだけど」と言った。「彼女は責任感が強いからねえ。全部ひとりで抱えこんじゃうんだよねえ」などとも。確かに白石さんは仕事熱心だし、べつに苛《いじ》められたというわけでもないし、だけど、とことばを重ねれば重ねるほど、わたしは自分の無能さを先輩の指導のせいにするバカ社員みたいになっていくのだった。でもそれがつらいという理由で会社を辞めることは、逃避であるから絶対に許されないと思っていた。

　ＩＴパスポート、ファイナンシャルプランナー、ビジネス実務法務検定、ビジネス実務マナー検定、販売士検定、日商簿記検定、と見境なくいろいろな資格の勉強をするようになったのは入社二年を過ぎてからで、そのうちいくつかは合格し、いくつかは落ちた。資格を生かした新しい職業につくために会社を辞めます、ということなら逃げたことにならないと思っていたのだ。

やがて、ほぼ毎週末ごとに熱を出すようになった。病院に行っても理由はさっぱりわからなかった。精神的なものではないですか、と言われた。それがどれぐらい続いただろうか、ある日慎一が家にやってきて「結婚、しとこうか？」と弱々しく言い、その弱々しさに疑問を感じることすらなく「うん」と飛びついたのだった。文字通り飛びついた。

慎一は、三十歳になるまでに絶対に結婚しなければならない、と思いこんでいた。母親に「三十歳まではお嫁さんをもらって孫の顔を見せて頂戴よ」と言われたからという理由で。

わたしもなんとなく自分は三十歳までに結婚するだろうと思っていた。年収三百万から四百万ぐらいの人と結婚して、年収百三十万におさまるぐらいでパート勤めをして、こどもはひとりで、ベランダ菜園に精を出して、市の施設で開催されているスクラップブッキングの講座かベビーマッサージの講座か、あるいはその両方に通ったりするような、そういう人生を歩むのだと思っていた。いわゆる、普通の。母の言う「幸福」にモヤモヤしつつも、結局それに対抗しうる「幸福」の明確な定義を見つけられぬままのわたしには、それが相応《ふさわ》しいのだ、そういうものなのだ、と。

息子を「慎たん」と呼ぶ母親は、その慎たんが婚約を破棄したことを知るや否や電話をしてきて「ご両親に謝りに行く」と言ってきたが、必死に断った。両親についた嘘がばれてしまうから。電話口で「やめてください来ないでください迷惑だ」と二十回ぐらい主張し、最後のほうには慎一の母親も疲れ果てたような声で「そうね、わかったわ。さようなら」と言い、電話を切った。以降連絡はない。

慎一の判断は、たぶん正しかった。「結婚、しとこうか？」の人と「そういうものなのだ」の人の結婚生活は、きっとうまくいかなかっただろう。お風呂から出て、鏡の前で髪に何度も何度も手櫛《てぐし》を入れながら思う。正しいと思うことと許せるということとは違っていて、指に絡んだ髪の毛を見つめながら、やっぱり慎一は不幸になればいいと願った。歩くたびにガムを踏むとか、商店街の福引でティッシュばっかり当たるとか、その程度で良いから。慎一は、不幸になればいい。何度も、繰り返し願った。

廊下を隔てた向こうの居間からテレビを観ているらしい父と母の笑い声が聞こえて、なんとなく泣きたいような気分になった。

四

菫さんには、息子がひとりいる。名を蓮太郎《れんたろう》という。二十歳《はたち》の大学生で、いまは隣の市にアパートを借りて住んでいる。たまに帰ってきて、数日のあいだ泊まっていく。

翌日出勤すると、蓮太郎くんが庭にいた。太極拳のような動きを熱心に繰り返している。わたしが帰った後に、来ていたらしい。はじめて会ったときも、こんな感じだった。朝出勤したら庭にいて、確かそのときはラジオ体操第一みたいなことをしていたのだ。一月のことで、蓮太郎くんの吐く息は白かった。

なんなんだこの人は、と思いながら見ていると菫さんが庭に出てきて、わたしの息子、と紹介したのだった。それを聞いて振り返った蓮太郎くんは腰に手を当てて、「え、息子さんがいらしたんですか」と驚いているわたしを無遠慮にじろじろと眺めていた。

「おはよう」

すこし離れたところから声をかけると、振り返る。ドーベルマンの子はドーベルマン。ただし菫さんよりも体はずっと大きい。よく陽にやけていて、肌がつるつるしていて、髪は短い。なぜ離れたところから声をかけたのかというと、身長差が三十センチ以上ある人と近い距離で喋ると、首が疲れるからだ。

「やあコロじゃないか。おはよう」

コロ、というのは蓮太郎くんがわたしに付けた呼び名で、その理由も「なんかコロってかんじする」という甚《はなは》だ曖昧なもので、そんな犬みたいな、しかも雑種風情の漂う名前で呼ばれるのは納得がいかない。

「コロって呼ぶのやめて」

「じゃあ、コロ子?」

「いやあの、女の名かどうかっていう問題じゃなくてね」

「じゃあ、新しい名前を考えよう」

蓮太郎くんはじろじろとわたしの全身を眺めた。

「そうだ。『コンパクト人間』なんてどう」

「……やっぱりコロ子でいいです」

「あっそう」

蓮太郎くんはすました顔で太極拳を再開した。わたしは雇い主の息子に、初対面の日からずっとバカにされているのだった。なんなんだよこの野郎という思いを募らせながら見つめていると動きを止める。

「一緒にやる？」

「やらない」

「あっそう。ねえ、ところであの人元気？」

「元気だよ。自分で確認すればいいじゃない」

すぐそこなんだから。小さな声で言い添える。蓮太郎くんは、菫さんの息子。そして、千歳さんの息子でもある。

ふたりがかつて夫婦であったことを知ったときは衝撃のあまり、その場にくずおれた。

菫さんは酷《ひど》い。最初にチトセボタンにおつかいを頼むとき説明がなかったのは、別に構わない。まさかつきあいはじめるなどとは思っていなかっただろうし。

しかし菫さんはその後、わたしが千歳さんとふたりでいるときに道でばったり会ったときも「あら」みたいなことを言って通り過ぎていっただけだったのだ。あのときそれとなく話してくれていたらよかったのに。

はじめて蓮太郎くんに会ったときに「あのさー、ボタン屋って儲《もう》かってるの？うん、いやだから、俺の父親のボタン屋」などと尋ねられたことでようやく真実を知ったのだった。

　菫さんと千歳さんは同じ島で育った、幼馴染だった。互いの家は同じ集落にあり、歳は菫さんのほうが四つ上だが、お父さん同士の仲が良いこともあって、しょっちゅう家を行き来していたらしい。菫さんのひいおじいさんの妹の嫁ぎ先が千歳さんのお母さんの実家だからいちおう遠い親戚であるのだと説明された。殆ど他人じゃないのか、と口を挟む隙はなかった。

　地図で確認したら、小さな点のようにしか見えない島だった。島民の九割が同じ「北村」という姓。菫さんは中学生のときにお父さんが鮮魚卸売りの会社を興したためにこの町に一家三人で引っ越してきた。その数年後、千歳さんは高校進学のために島を出る。息子を頼む、おう任せろ、という父親同士の約束により、在学中はずっと北村家に下宿していたという。卒業後は北村家を出たが、菫さんの両親は千歳さんのことを「息子のように」かわいがっていたらしい。

「父はなにかにつけて家に呼んでお酒につきあわせ、帰り際に母はおかずを山のように持たせていました」

菫さんはそのように千歳さんのことを話した。

「じゃあ、その頃からつきあっていた、ということですか？」

菫さんは作業台でミシンをかけていたので、ダダダという音に負けないように声を張った。

「いいえ。恋愛関係であったことは、ただの一度もないのです」

菫さんは背筋を伸ばし、わたしのほうに向き直った。

「両親はふたりとも同じ病気で、はじめは母、その翌年に父と、相次いで死にました。父の一周忌を終えたあと、突然『どうしてもこどもがほしい』と思ったのです」

「は？　こども？」

自分にはこどもが必要だ、と閃《ひらめ》いたのだそうだ。菫さんはいつも人生における重要な事柄をそのように唐突な閃きによって決定しているらしい。

「健太郎《けんたろう》にどうすればよいだろうかと相談しました。すると『わかった、まかせて』と言って翌日に婚姻届を持ってきました。そういったわけで、わたしたちは結婚したのです」

健太郎というのは千歳さんの下の名だ。ものすごく重要なことを省略した説明のように感じられた。しかし菫さんにとっては、それがすべてであるらしかった。

夜になって千歳さんのアパートに向かい、当時のことを尋ねると照れている場合ではないというのに照れくさそうにして、えへへ、などと頭を掻《か》いていた。

「なんで黙ってたの」と呟くと「ごめんごめん、菫さんから聞いてると思ったんだよ」と、千歳さんは両手を合わせた。ものすごく軽い「ごめん」だった。肘《ひじ》がぶつかったときぐらいの。

「酷い、酷い人だ。わたしだけがなにも知らずに、千歳さんと情交を重ねていたなんて、とんだ道化だ。菫さんもきっと心の中で嗤《わら》っていたに違いないや」

すりきれた畳に突っ伏してめそめそ泣いた。あまりのことに頭が混乱し、それでも感情を抑えて冷静に伝えねばならないと焦った結果、そんなおかしな喋りかたになってしまったのだった。

千歳さんもちょっと面食らったらしく一瞬押し黙り、それから「情交って、なにそれ」とげらげら笑いだした。顔を上げて恨みがましい視線を向けると真顔になって「菫さんがそんなこと考えるわけないだろうがッ」と自分の膝をばしっと叩いた。

また畳に突っ伏していると、千歳さんは「妙ちゃんごめんね。でももう、ずっと前に終わったことなんだよ」と言ってわたしの頭を撫でた。髪を梳《くしけず》る指の感触の心地よさに、喉元《のど》まで出かかっていた「もういやだ、別れる」ということばが引っこんでしまい、現在に至る。

その翌日菫さんは「あなたがあれこれ頓着する必要はない。健太郎とばりばりおつきあいなさい」などと、人の気も知らずに平然と言った。返すことばがなかった。嫌だった。たとえばふたりが一夜のあやまちなどによって妊娠した結果、しかたなく結婚したのではないことが。ふたりが揃って積木のことを「トラップ」と呼ぶのもまた、嫌だった。床に散らかしてあるのをうっかり踏むととても痛いからトラップと呼ぶのだそうだ。そういう、ふたりにしかわからないことばを持ち合わせているこことがすごく嫌なのだ。

蓮太郎くんが一歳になる前に、ふたりは離婚している。菫さんが唐突に「離婚するから」と言いだしたそうだ。離婚してほしい、などではないところが菫さんらしい。

離婚の理由について尋ねると菫さんは「わたしがホットケーキしか作れないから」と答えるし、千歳さんは「俺が甲斐性なしだから」などと答える。ふたりは絶対にお互いのことを悪く言わず、その庇《かば》い合っている感じがまたわたしの心を暗くする。

千歳さんは離婚したくなかったんじゃないの？　と尋ねると少し考えて「まあ、菫さんだからねえ」と言う。突然婚姻届持ってこられて、びっくりしなかったんですかと言うと菫さんは「まあ、健太郎だから」と答える。まあ菫さん（健太郎）だから、で納得してしまうお互いへの理解の深さが、さらに心を暗くする。

だいたいなんでいまだにこんな近所に住んでいるんだろうと思う。おまけにボタンの仕入れやらなんやらで、しょっちゅう会っている。この人たちはそういうことをなんとも思わないのだろうか。

わたしの存在を含め、蓮太郎くんがこれらのことをどう思っているかは知らない。両親のことは「あの人たち」と呼ぶ。仲が悪いかといえばそういうわけでもない。ものすごく親のことが好きなのかといえば、また違うようでもある。ふたりが別れてからはずっと菫さんと暮らしていたけど、千歳さんのアパートにも出入り自由で「それなりに普通の親子関係」だったよ、運動会なんかの行事にはどっちも来てたしさ、あの人（菫さん）が料理できないからあの人（千歳さん）が弁当作ってくれてさ、結構かわいい弁当だったよ、りんごがうさぎの形になってた、などと説明された。それから、ねえあの人（千歳さん）のどこが良かったの？　などと爽やかな笑顔で尋ねてきたりもした。

わたしは熱が出そうなほど考えたけど、この人たちの考えていることが全然わからず、わからなすぎて実際に熱が出た。

考えるのはもうやめよう。この人たちは、ちょっとおかしいのだ。異常なのだ。だから理解できるはずもなく、理解できたところで、わたしはいつかここを去っていく。だからもう考えるのをやめよう。いいじゃないか。とりあえずの場所の人たちのことなんか、どうでも。そのように結論付けたのだ。考えることを放棄してやったのだ。

蓮太郎くんは太極拳のような動きをやめ、お昼はカレーがいいなあ、と言いながら庭を出ていく。入れ替わりに菫さんが来た。

「おはようございます」

「おはよう」

いつも心に棺桶を。今日もまた、わたしたちは唱和する。今日は、ちゃんとお客さんが来ますように。

リクエストを受けて作ったカレーを、蓮太郎くんはおかわりした。大学の友達がどうのこうの、という話を菫さんはあからさまに聞き流している。興味のない話に興味深げに相槌《あいづち》をうつ、ということができないらしい。蓮太郎くんは慣れているのか、それとも反応などどうでもいいのか、楽しそうに喋り続けている。

このあいだ捨て猫を三匹拾ったという。飼ってくれそうな人を探していたがやっと先週三匹とも見つかってもらわれていったから良かった、という話のときだけ菫さんは物憂そうに「自分で飼えもしないのに拾ったりして」と呟いた。

蓮太郎くんは「自分だって拾ったくせに」と頬をふくらませてわたしのほうを見る。わたしは捨て猫じゃない。

「そういえば、ずっと前うさぎ拾ったことあったよね」

スプーンを握りしめて、母親の顔を覗きこんでいる。

「覚えてない」

菫さんは素っ気ない。

「六年生のときだったかな。電柱の陰《かげ》でプルプル震えてたのを俺が見つけて」

「覚えてないから」

「え？　嘘だろ、あのうさぎだよ？」

「覚えてないのよ」

「灰色がかった毛の、ほら、名前はえーっと……スバル？」

「スバルじゃない、スピカ」

ちゃんと覚えてるじゃないですか。しかもなんですかそのかわいい名前は、と思いながらわたしは黙ってスプーンを口に運ぶ。

電柱の陰にいたのを保護してから二か月程飼っていたという。そのうさぎのスピカは結局近所の家から逃げだしたものだったということがわかり、もとの飼い主へ返される際に蓮太郎くんは号泣したが菫さんは眉ひとつ動かさず、ああこういうのを冷血っていうんだなって俺は思ったもんだよと話はしめくくられた。

そういえば菫さんが作る雑貨の、動物をモチーフにしたものの中でも特にうさぎが多いような気がしていたが、あれは気のせいではなかったのだな、と思ってあやうく吹きだしそうになった。

話は更に蓮太郎くんが週四日アルバイトをしているというカレー屋に及ぶ。まかないのごはんがカレーじゃないときがあるのが許し難《がた》い、などとひとりで熱くなっておられる。度を超えたカレー好きであることよ。

菫さんが口元をティッシュで拭きながら「まかないで思い出したけど、法事どうする」と言う。なぜわたしの祖母の七回忌のことを知ってるんだろう、と一瞬うろたえたがどうやらそのことばは息子に向けたものらしかった。

「まかないで思い出すような内容じゃないだろ」

どうやら千歳さんのお母さんの法事らしかった。ふたりはしばらく行くの行かないのと揉めていた。蓮太郎くんはともかく菫さんも行くのか、離婚したのに、とふしぎだった。遠縁ではあっても一応親戚であるからなのか、それともいまでも家族という認識なのか。考えはじめると、ぐるりを棘《とげ》に囲まれる。ちくちくする。考えるのをやめて、皿を片づけはじめた。

「行かなきゃだめ？　めんどくさいんだけど」

そうですね、法事はね、ほんと面倒くさいんですよね。と心中で同意しながら洗いものをしていると、蓮太郎くんが隣に来て「これあげるよ」と紙切れのようなものをエプロンのポケットに入れていく。広げてみると、てづくり市のチラシだった。となり町の神社の境内には、毎月第四日曜に市がたつ。てづくり市という名の通り、手作りのものを売る人なら誰でも参加できるフリーマーケットみたいなものだ。

「俺の彼女も出店するから。だから見においでよ。あの人と一緒に」

千歳さんを連れてきてほしいということのようだ。

「じゃあ、誘ってみる」

「来るべきだと思うよ」

来たら、絶対来てよかった、と思うはずだよ、と蓮太郎くんはやけにしつこかった。

菫さんはぼんやりと頬杖をついて、庭のほうを見ている。


今日もお客さんは来ない。ひとりも。わたしはレジの陰でノートパソコンを開く。菫さんは繊細で丁寧な手芸を得意としているが、その他のことに関しては丁寧さを一切発揮しない。とくにお金に関することがひどい。いままでレシートや領収書の類は適当にまとめて茶封筒に放りこみ、通帳とともに税理士さんに丸投げしていたそうだ。無造作にどんどん入れていくために、領収書のいくつかは封筒の底でくちゃくちゃに潰れていた。それを見ているとかなしい気持ちになって「わたしに整理させてください」と菫さんに訴えでたのだった。出納帳を作成する、という新しい仕事ができたのは嬉しかった。暇は多忙よりずっとつらい。店に毎月来ている横分けで黒縁メガネの税理士さんに見せたら感激の面持ちで「ありがとう、ありがとう」と言われたこともまた嬉しかった。しゃかりきに取得した資格が思わぬところでちょっとだけ役に立ったのだから。

でも売上も支払もたいした件数がないので、入力はすぐ終わる。

手を伸ばしていつも鞄に入れているわたしの棺桶を探る。


棺桶になにを入れる？


ノートに書いてみる。わからない。わたしが埋葬したいもの。あるいはすべきもの。たとえば自分の欠点、頻繁に道に迷う、動揺するとちゃんと喋れなくなる、同時にふたつ以上のことをしようとするとどっちもめちゃくちゃになる、などを入れて土に埋めちゃえばすっきりするだろうなあ、と思うけれども、そんなに都合の良いものでもないだろう、という気もするのだった。

「掃除でもしますかー」

誰もいない店内で大きなひとりごとを言う。

門扉の前に出て箒で掃いた。そういえば最初の頃に、こんなふうに外の掃除をしていて、考えごとをしているうちに同じ場所を十分以上掃き続けていたことがあった。居間の窓から菫さんに見咎《みとが》められ「道路がえぐれる！」と絶叫されたのだった。

集中集中、と思いながらゴミをあつめることだけに専念する。

隣の家の奥さんが通りかかった。痩せぎすの、イソップ童話に出てくるキツネみたいな印象の人だ。左腕にエコバッグを提げている。パンについているシールを集めると貰えるエコバッグ。うちの母も同じものを持っています。

「こんにちは」

目が合ってしまったので仕方なく頭を下げると「あら、こんにちは」とにっこり笑う。

「お掃除、たいへんね。いつも、ものすごーく丁寧にやってるものね。おかげで最近このあたり、とてもきれい」

「あ、はあ」

戸惑いながら頷く。いつも？　この人はいつもわたしの掃除っぷりを見ているのだろうか。家の中から？

「あと毎朝ほら、お庭で。ね。いつも心にーってやつ。楽しそうね」

「え、はあ」

楽しそう？　どこが？　わたしの頭の中は無数の疑問符で満たされる。

更に奥さんは「お店どう？」「どこから通ってるんだっけ？」「いくつだっけ？」

「独身?」と矢継ぎ早に問うてくる。

「こういう小さい店で働くのもたいへんじゃないの? 菫ちゃんはほら、ちょっとね、愛想がアレっていうか、つっけんどんなとこがあるから、やりづらいんじゃないの?」

「そんなことないですよ。やさしいところだってあるんです」

わたしはちょっとむきになった。常日頃から菫さんは無愛想だ、なんとかならんのか、と思っているくせに他人に言われると庇いたくなるのだった。

「あらそーお?」

奥さんはちょっとつまらなそうに去っていく。低い垣根越しに見えるお隣の玄関先では、白いコンテナに寄せ植えされたパンジーが可憐に揺れている。よく見ると白いコンテナではなくて「津軽りんご」と書かれた発泡スチロールの箱だった。花を愛でる心はあっても容器はこだわらない、隣の奥さんのそういうところをわたしは「がさつ」と感じるが、菫さんは「おおらか」と表現する。

ゴミを捨てに庭へ入ると、菫さんが窓のところに立ってこちらを見ていた。

「最近だいぶ暖かくなってきたせいか、草が伸びてきましたね」

わたしが庭を見渡して言うと、そうね、と答える。

「近いうちに、草むしり、しましょうか」

菫さんは腕組みして「しなくていい」と首を横に振る。

「どうしてですか？」

「どうしても」

店に戻ると、ちょうど菫さんが内側の扉から店に入ってくるところだった。縫いあがったばかりらしいブックカバーを十五枚ほど、籐《とう》のかごに入れて小脇に抱えている。ブックカバーの隅のほうに鹿や象をモチーフにした刺繍がしてあった。もちろんうさぎも。

「それにしても隣の奥さんって、なんであんなに根ほり葉ほり訊《き》いてくるんでしょう。ひまな人ですよね」

わたしはガラス戸から隣を窺いながら言う。

「根ほり葉ほり答えてあげたらいいじゃないの」

「いやです。べつにあの奥さんに自分のこと知ってほしくないですから」

「田中さん」

「はい」

「田中さんって。なんていうか、ほんとうに」

菫さんはなにやら憐《あわ》れむような目をする。

「なんですか」

「小さい」

はっ？　と頓狂な声を出すわたしに構わず、菫さんは「身長の話じゃないから。いや、身長も小さいから、二重の意味で。小さい」などと言う。ひどい。わたし傷つきました。

菫さんは店の隅の椅子をひいて座り、テーブルに頬杖をついてまじまじとこちらを見る。

「世間話ぐらいもっと気楽にしたらどう、その程度で失うものなんてないと思うけど」

押し黙ったわたしを見て、菫さんは笑う。笑顔の塊の、その表面を薄く削り取って唇に貼りつける。菫さんはいつも、そんな風な笑いかたをする。

「ところで。これ、あなたが並べてみる？」

テーブルの上のかごを押しだすようにする。わたしは俄然《がぜん》張り切って「やります」とそれを受け取った。いままで商品の陳列は菫さんがやっていたことだから、やらせてもらえるのが嬉しかった。

棚の右側の、そのあたり。と指定された場所に立つ。ブックカバーは、やっぱりどれもすごくかわいい。動物の表情になんともいえぬ愛嬌がある。裏地の色の組み合わせもとっても良い。どんなふうに並べよう。わたしは並べる順番を変えたり、ずらしたり重ねたりまとめたりして思い悩む。

「田中さん」

やっぱりうさぎがある。これは一番前に持ってくるべきだろうか。

「田中さん！」

菫さんがいつのまにか、すぐ後ろで仁王立ちしていた。

「あ」

「それ全部並べるんじゃないのよッ」

こんな狭いスペースに十五枚も並べたらぎちぎちで見苦しいでしょう、こんなもん五枚ぐらいで充分でしょう、考えたらわかるでしょう、と菫さんは棚をびしびしと指差した。

「すみません、だ、だってどれも素敵だから、ぜぜ全部飾ってあげたくて」

わたしがしどろもどろになって謝ると、菫さんはやや表情をゆるめた。

「『余白』って大切だと思う」

ないと、見てる人が疲れる。それからこのスペースだけじゃなくて、と菫さんはわたしの肩を摑んで後ろに下がらせた。棚全体、店全体のバランスも考えなさい、と言い終えて居間に戻っていった。

わたしは長いこと迷って棚に飾る五枚を選びながら、菫さんはダメなことはダメで、そしてなぜダメなのか、をちゃんと教えてくれるからありがたいな、と思った。白石さんを相手にしたときのように、わからなくて途方にくれるということがない。

余白は大切。

ノートに書いた自分の字を眺めているうちに、見てる人を疲れさせる、ということばが自分自身にも当てはまっている気がして、つらくなってきた。

五

余白。余白か。数日たつが、あれ以来そのことばかり考えている。今日のような、休日でさえも。

「で？」

「どうなの？」

「ねえ、聞いてる？」

姉が大きな鏡越しに、畳みかけてくる。同じ女から五年の歳月を隔てて産まれてきた女ふたりが、てるてる坊主の姿でちんまりと並んでいる。鏡越しに人と喋るのはいつだってへんな感じがして、だからわたしはいつも極力無口な美容師のいる店を探す。この路地裏の、ミナミさんという名字なのか名前なのかもわからない名の、男か女かもよくわからない人がひとりでやっている美容院に通っているのはそういう理由からなのだった。

ごく小さな看板を掲げている店の外で窓拭きをしているミナミさんの佇《たたず》まいを見て、寡黙《かもく》な人に違いない、と想像したとおりミナミさんは「いらっしゃいませ」「前髪どうしますか」「椅子倒します」程度のことばを発したのみで、あとは静かに髪を切ってくれた。この店はあたりだと思っていたのに姉に知られてしまった。先日「あんたの髪型いいね、どこ通ってんの」と訊かれ、はぐらかしていたらトイレにたった隙に財布の中のポイントカードを見られていた。

姉は週に一回娘ふたりを連れて実家に遊びに来る。来なくてもいいのに来る。今日は入れ違いに外に出ようとするわたしに向かって「カット行くの、じゃああたしも行く」なんぞと言って勝手についてきた。そして不本意ながらふたり並んで髪を切るはめになったのだった。画数の多い名前のふたりの孫を押しつけられた父は、おそらく今頃玩具《おもちゃ》屋で散財させられている。菓子屋や本屋にも連行されたかもしれない。かわいそうに。

「ねえ、どうなの、その千歳って男、あっちのほうは。教えてよ」

ミナミさんは表情筋を一切動かすことなく、しゃりしゃり小気味良い音をたてて姉の毛を切っている。

「その『あっちのほう』って言いかた気持ち悪いし、だいたいなんでそんなこと訊くのよ。やめて」

だってそんな貧乏で外見も冴えない中年男がもてるなんて、あれしかないと思うじゃない、と姉は言う。貧乏で外見が冴えないなんてひとことも言っていないのに勝手にそう決めつけないでほしい。ただ築五十年ぐらいの木造アパートに住んでいて、雰囲気が柴犬みたいだと説明しただけなのに。

「ねえー教えてよー。あれがどんな感じなのか教えてよー」

要するに姉は、千歳さんが性的技巧に優れているのかと訊きたいらしかった。姉が機関銃のごとく撃ちまくるあっち、あれ、それ、の弾丸をよけつつ、ようやく「普通だってば」と答える。

「ハア？　普通ってなによ。比較対象が慎一とその前につきあってたなんだっけあいつ、あのボソボソ喋る男だけのあんたがどうして普通だって言えるのよ」

あいつ声小さ過ぎて家に来たときなに言ってるか全然わかんなかったし、などと言って姉はものすごく大きな声で笑う。そして、あ、あとあれ。高校で読書部だっけ、わけのわかんないクラブに入ってたやつ。あの不細工な、と付け足す。わたしは初恋の相手を不細工呼ばわりされたことに傷付き、さらにその男の子のことを姉にいままで話したことがないことに思いあたり、この人絶対わたしのメールとか日記とか読んでるな、と確信した。姉は昔からわたしを自分専用のおもちゃみたいに思っているところがあって、わたしに関することは全て把握しておかないと気がすまないのだった。

「犬だからかなー、やっぱり」

「は？」

「妙は犬みたいな男に弱いじゃない。特に子犬」

慎一は雰囲気がチワワのようだった、ボソボソ声も読書部も不細工だったけど子犬のようだったと姉は力説する。包容力のある女でもないくせに頼りない男ばかり選ぶのはどういうつもりなんだとつめよってくる。椅子に座っているから物理的にはつめよれないが、心理的にはぐいぐい来ている。

「違うってば！　別に犬っぽさで選んだんじゃないよ。犬度が目安じゃないから」

「え、違うの？　わかんないなー。あっ、じゃあ決めた。お姉ちゃん、実物を見にいく。店、どこよ。ついでにあんたのバイトしてる店も見たいし、場所教えてよ」

「やめて！　絶対！　来ないで！」

身内に、特に姉に、働いている姿を見られるというのはなにやらとんでもなく恥ずかしいことのような気がする。そう言うと姉は「なにが恥ずかしいんだか」と鼻で笑う。

「じゃあその男のどこが良かったの、どこが良くてつきあってるの、それだけ教えてよ。教えてよー。教えなさいよー」

片手で額を押さえながら、目を閉じる。ほんとに、この人面倒くさい。

「どこがって、まあ、やさしいし」

「それだけ？」

「……話していて楽しいし」

「それだけ？」

「……手がきれいだし」

「へえ。なるほどね」

なぜかそれで納得したらしく、姉は椅子に深く凭《もた》れた。それからイスリロン、とわけのわからないことばを発した。

「なにイスリロンって」

「あちこち歩き回ってさ、へとへとのときに椅子見つけたら思わず座るでしょ。駅のホームとかね、ああいう椅子。そういう恋愛のこと。駄目な恋愛のこと。あたしの持論」

イスリロンは『椅子理論』らしかった。

「要するにあんたは慎一に捨てられてボロボロになって、やさしくしてくれるやさしいだけが取り柄みたいな男にフラフラついていってしまったと、そういうことね」

違うもん、と答えるとなにが違うの、とすぐさま問い返される。

「……とりあえずつきあってるだけだもん。つなぎで」

「あっそう。……ふーん……」

姉はわたしのほうを見ていない。飽きてしまった、というようにケープの端をいじったりしている。

「でもあんた、そんなに要領良く恋愛できるようなタイプだと思えない。また泣くような目に遭わなきゃいいけど。みんなにやさしい、なんてのは結構、ろくでもないからね。妙」

一回、流します。ミナミさんが言って姉の椅子が低くなる。やがて鏡の中の姉はシャンプー台のほうへ消えていく。

翌週のてづくり市の日は朝から曇っていた。

雲は空いっぱいに敷きつめたウールの布のようで、手を伸ばしたら触れられそうな気がする。そんな天気のことなどどうでもいいとばかりに、市は賑《にぎ》わっていた。テントの下にテーブルを並べて、あるいは地面にシートを広げて、たくさんの人が、それぞれの店を出している。ヴィンテージパーツを使ったアクセサリーや、羊毛フェルトのぬいぐるみ。陶器、レザーの小物、手漉《てす》きの紙で作ったレターセット。てのひらにのるような小さな盆栽を売っている人もいる。

千歳さんは後ろで手を組んで、ゆっくりと歩いている。わたしはきょろきょろしながら、蓮太郎くんを捜している。

あらチトセちゃん偶然ね、と声をかけてきた女の人がいて、ふたりが話しこんでしまったので仕方なく手前の店の商品に見入るふりをする。ビーズの指輪を手にとってじっと眺めていると話を終えたらしい千歳さんが「それ、欲しいの？」と声をかけてくる。財布を出そうとするので「いい、いい」と慌てて腕を引っぱってまた歩きだした。

蓮太郎くんの彼女の店は、神社の本殿の陰のすこし目立たないところにあった。ポストカードを並べた台の前にふたり並んで立っている。わたしと千歳さんに気付くと、蓮太郎くんが手を振った。幼児が飛行機や新幹線に向かってやる類の、屈託のない手の振りかただった。

「蓮。また背が伸びたな」

千歳さんが少し目を細めるようにして、蓮太郎くんを見あげている。

「伸びてないよ。自分が縮んだんじゃないの」

笑って、それから「これ、うちの父。と、その彼女。母の店で働いてる」と傍らの女の子に紹介する。

蓮太郎くんの彼女は、とてもかわいらしい人だった。肩までの栗色の髪をやわらかく巻いて、長い睫毛《まつげ》をぱちぱちとさせている。上体を前ではなく横に倒す、ふしぎなお辞儀をして挨拶をした。

「こんにちは、はじめまして」

ふしぎなお辞儀をする彼女を見て、蓮太郎くんはそれはそれは嬉しそうに笑う。見ているこちらがいたたまれなくなるほど、幸福感が全身から漏れでてしまっているのだった。

わたしと千歳さんに向き直って「な、来て良かっただろ？」などと言う。それはもしかして「な？（こんなにかわいい僕の恋人を見に）来て、（お前らほんとうに）良かっただろ？」という意味なのだろうか。

「どうも、こんにちは」

わたしは会釈をして、台の上のポストカードに目をやる。小鳥、虹、少年と少女、あるいは子犬と少女、四つ葉のクローバーなどが水彩のほわほわした淡いタッチで描かれていて、ひとつひとつ違うメッセージのようなものが添えてある。たとえば「一歩ずつ、一歩ずつねッ」であるとか「生きてるかぎり、明日はくる」というような。あと「夢」とか「未来」とか「希望」とか、そういう短いのもある。「顔晴ろッ」と書いてあるものもあった。どうやらそれはがんばろッ、と読むらしい。

うっと声をつまらせるわたしを、蓮太郎くんの彼女がにこにこと見つめている。冷や汗が出る。はっきり言って気持ち悪い！　わたしはこういうポエム臭のするものが大嫌いなのだ。そのとき千歳さんが「じゃあ全種類、一枚ずつ買おうかな」と言ったので、ほっとして数歩後ろに下がった。

蓮太郎くんの彼女がファンシーなリスのスタンプを押した袋にポストカードを入れ、これまたファンシーな水玉のテープで封をしている。じっと見ていると、いつのまにか蓮太郎くんが隣に腕組みをして立っていた。

「クソだせえはがきだな、と思ってるんだろ」

「思ってないよ」

蓮太郎くんは下を向いて肩を震わせる。

「『うっ』って言っていたくせに」

「お、お、思ってないよ。ほんとに。蓮太郎くんはこういう女の子が好きなんだな、意外だなって思っただけだよ」

千歳さんはおつりを受け取りながら、なにか冗談を言って蓮太郎くんの彼女を笑わせている。

「そうだよ。あのはがきはださいよ。でもあの子はそういうださいことばで、みんなが元気になるって信じている、すこやかな感性の持ち主なんだよ。かわいいよ。とっても」

蓮太郎くんは愛しそうに彼女を見つめて、また笑う。

ポストカードの袋を受け取って蓮太郎くんたちに別れを告げると、千歳さんは急に面倒になったらしく「もう帰ろうか」とスタスタ歩きだしてしまった。後を追いながら「そのポストカード、どうするの」と尋ねたら、千歳さんはしばらく考えて「商店街の人たちにあげようかな」と答える。体に良いお茶とか大福とか、あと手編みのアクリルたわしとかいろいろ貢がれているので、そのお礼らしかった。

「えー、そんなの欲しい人いるのかなあ」

歩きながら首をひねる。少なくともわたしは欲しくないです。

「いると思うけどなあ。だってこういうことばを書いたカレンダーみたいなのってよく居酒屋のトイレにかかっていたりするじゃない」

だからたぶん一定の需要があるんだよ、と千歳さんはのんびり言って灰色ウールの空を見あげたりしている。


桜の咲き始める頃に、あたらしいお客さんがあった。三十代ぐらいの女の人で、お腹が大きい。女の人は最初、塀越しに店の様子を窺っていた。わたしはちょうど銀行から戻ってきたところで、お店の中には菫さんがいた。

「あの、どうぞ、ご覧になるだけでも」と声をかけると、しばらく躊躇《ためら》った様子で俯いていたがやがて小さく頷き、わたしの後に続いて店に入ってくる。

女の人は鞄から古ぼけた人形を取りだして「これに合う棺《ひつぎ》をください」と言った。

菫さんはそっとその女の子の姿をした人形を持ちあげ、しばらく眺めた。

顔と手足は軍手に綿を詰めたものでできていた。フェルトを縫い付けた目鼻。髪は毛糸。手作りのものと思われる。あちこち破れて、中の綿が飛びでていた。

菫さんは木の箱を出して、女の人に見せた。人形は誂《あつら》えたようにぴったりとその箱の中に納まった。レースの縁取りのあるハンカチを、掛け布団のように人形の上にかける。庭に出て蒲公英《たんぽぽ》によく似た黄色い花を摘み、人形を縁取るように詰めると女の人が頷いた。ときどき、お腹をさするような仕草をする。折りたたみの椅子を庭に出して、座ってもらった。スコップで土を掘る菫さんとわたしを見ながら、女の人は「それはね」と口を開いた。

「それはね、わたしの母が作ったものです」

母は、と女の人は続けようとしたが、唇が震えてうまく喋れないようだった。

「言わなくても、いいんですよ」

菫さんはやんわり制して、土を掘り続けた。棺桶が土で覆われて見えなくなってしまうと、女の人は両手を土で汚したわたしたちに向かって、ゆっくりと頭を下げる。お腹をさすりながら帰っていく女の人を、菫さんは唇をかたく結んだ、いつもの表情で見送っていた。

「聞きたくなかったんですか、あの人の話」

店に入りながら尋ねると、菫さんはふしぎそうな顔をした。

「言いにくそうにしてたから、言いたくないことなんだろうと思って」

「でもほら、世の中には『さあどうぞ』と五回ぐらい促されなければ喋れない人もいるかもしれないですよ」

「五回も！」

菫さんは小さく叫んで、黙った。そしてそのまま居間に引っこんでいった。わたしは袋を作る作業をはじめた。商品に合わせて使えるよう、包装紙を切っていろんな大きさの紙袋を作っておくのだ。店の名のスタンプを作って、これに押したらどうだろう。蓮太郎くんの彼女があのポストカードをいれる袋にファンシーなリスのスタンプを押していたのを見て、思いついたのだった。

二時間ほど作業していると、廊下に続く扉が開いた。菫さんがその扉から顔を出していきなり「そうかもしれない」と言った。

「はい？」

「さっきあなたの言ったこと」

それだけ言うと、さっと顔を引っこめてしまった。

そのひとことを言うのに二時間もかかったのかという呆《あき》れと、でも菫さんにちょっとだけ認めてもらえたようなこそばゆさで、わたしは包装紙を切りながらしばらくニヤニヤし続けた。

そうやってニヤニヤしていたらいつのまにか袋がものすごく大量にできていた、そしてもちろん「こんなにいらないでしょう、考えたらわかるでしょう」と叱られた、ということを話すと千歳さんはふふふと笑う。

「結構楽しくやってるじゃない」

千歳さんは布団の上に腹這《はらば》いになり、両肘をついた姿勢で窓の外を見ているらしい。今日はふたりとも休みだから、昼間から部屋で擦《す》り寄ったり重なったり離れたりして過ごしている。窓の外が白くあかるいので、照明を落とした部屋の中はうす暗く感じられる。わたしは千歳さんの背中を枕にして天井を見あげている。瓢簞《ひょうたん》のようなかたちのしみがある。千歳さんは服を着ていない。頭を動かすたびにわたしの髪が背中の皮膚をかすって、しゅっという小さな音がする。

「妙ちゃん、最初びくびくしてたから。菫さんに対して」

「だって菫さん怖かったもん。口調がぶっきらぼうで」

なにかを思い出しているらしく、千歳さんはまた笑う。

「前の会社でもあんまり先輩としっくりいってなかったし。そもそも自信がなかったんだよ、人の下で働くということに。でも菫さんは怒りながらでもちゃんと理由を教えてくれるから」

千歳さんが妙ちゃんちょっとどいて、と言って起きあがった。

「前の会社でなにかあったの」

問いながら下着を穿《は》いている。まじめな話をするのに全裸では失礼だ、とでも思ったのかもしれない。

わたしは畳に両手をつき、足を投げだして白石さんのことを話した。わたしってすごく役立たずだったんだよねーと必要以上にふざけた調子で喋った。そうしないと、惨めで涙が出そうだった。聞き終えると、千歳さんは「それは、その人がボンクラなんだよ」とこともなげに言い放つ。

「ボンクラって」

日頃あまり人を貶《けな》したりしない千歳さんが唐突に発したことばに、わたしは驚く。

「だってそうだろう。後輩に仕事を教えるのは先輩の仕事なのに。それをしないのは怠慢だ。できないんなら無能だ」

うん、そうだよ。千歳さんは自分で言って自分で頷く。仕事でもそれ以外でも、相手の隠れた美質を引きだして育ててあげられる人と駄目にしちゃう人がいて、その人は後者だね。いつのまにか千歳さんは布団の上に正座をしていた。

「無能だ」

千歳さんの眼が鋭くなる。スナイパーの眼つき。銃口を向けられたわたしの呼吸は止まる。

「わたしが駄目だからだと思ってたんだけど」

駄目でなくなろうと必死になればなるほど空回りして、白石さんの微笑みは増えた。

千歳さんは立ちあがって、台所のほうに歩いていく。なにやら冷蔵庫から取りだして、流しでそれを洗ったりしている。

「あんまり、自分は駄目だ、なんて言わないほうが良いよ。そういう奴らは萎縮してる相手を見て満足するんだ。人を見下して喜ぶようなくだらない奴にサービスしてやる必要はないよ。相手を貶《おとし》めたら自分が良くなるってわけでもなかろうに」

そう言いながら戻ってきた千歳さんの手にはガラスの器に盛られた苺《いちご》がある。八《や》百屋《おや》のユキエさんにもらったからあげる。などと言ってわたしの口に苺を押しこんできた。

千歳さんに話せてよかった。

前の会社でのことは、自分で思っている以上に頭上に重くのしかかっていたらしい。いまの話で、すっかり取り払われたわけじゃない。でもほんのすこし、軽くなったように感じられた。苺数個ぶんの重さ程度には。

ありがとうね、と言いたかったが次々と押しこまれる苺に口の中を塞《ふさ》がれて言えない。

そうか、わたしが駄目だったわけじゃないんだ。すこしだけほっとして、苺を飲みこんだ。でも、と思う。

「でもね」

また苺を食べさせようとする千歳さんの手を押し戻す。

「もしわたしが駄目だったわけじゃなくて、白石さん側の問題だったとしたらだよ」

「うん」

「たとえばあの店をやめて、どこかに就職して、その会社でまた白石さんタイプの人にあたったら、同じようなことになる」

「うん」

「それはよくないと思う」

どこにいても、誰の前でも、わたしはわたしでしかないのに。その肝心の「わたし」が関わる人次第で変わるなんて、ちょっと頼りない。

「もっとこう……なんかこう……揺るぎなさ、みたいなものが必要な気がする」

菫さんの佇まいを思い浮かべながら言う。

「え、揺るぎないって、なに？　変わらないってこと？」

千歳さんがまた苺を口に入れてこようとするので、慌てて奪い取って千歳さんの口に押しこんだ。食べながら難しいことを考えるような器用な真似はできない。千歳さんが口を動かしているあいだに必死で考える。

「違う……気がする」

「違うんだ」

「うん、違うんだけど……だめだ、わからない」

頭を抱えてしまう。

「ゆっくり考えればいいんじゃない？」

やわらかい声で千歳さんはそう言って、それからふっと笑った。

六

田中さんちょっと。ちょっと田中さん。という声とともに扉が開く。店番をしながら昨日千歳さんに言われたことを思い出していたわたしは、棚に並んだ棺桶の埃《ほこり》を拭き取る手を止めた。

「どこに行ってたのよ」

「ずっとここにいましたけど」

意識の話よ、と菫さんは言いながら、わたしを見る。その佇まいはやっぱり「揺るぎない」という感じがする。

「それより田中さん、これ手伝って」

菫さんはテーブルに電話帳ぐらいの大きさの箱をどさりと置く。端切れがたくさん入っていて、その全てに円形のしるしがついていた。

「そのしるしに沿って切ってほしいのよ」

裁断鋏《ばさみ》を受け取ると、ずしりと重かった。これ全部、切って良いんですよね。注意深く尋ねた。不明な点はまず確認。わたしだって一応学習する。

しばらくのあいだ菫さんと向かい合わせに座って、無言で布を丸く切り取る作業に集中した。

なつかしい。布を裁《た》ちながら思う。裁断鋏なんてもう何年も触ってなかった。高校の家庭科の授業以来か。カマキリみたいな顔だったたな、と高校の家庭科の先生のことを思い出す。まともに授業を聞いてなくて、よく怒られた。わたしはいつから家庭科という科目が嫌いになったのか。たしか小学校の四年生に進級したときは新しく家庭科の授業がはじまることを楽しみにしていたのに。

いまは絵手紙と歌とハワイアンキルトを習っている母は、その頃は人形作家の先生の開いている教室に通っていた。家の中で母が使っている裁縫箱というものが羨《うらや》ましかった。裁縫道具のひとつひとつが興味深かった。

かわいいでしょう、妙。人形の写真がふんだんに載っている本を見せながら母はそう言い、同意するとフェルトの布を出してきて、簡単な人形の作りかたを教えてくれたのだった。

縫いながら、こんな楽しいことをお仕事にしているその先生が羨ましいなあと呟くと、母は妙も大きくなったら人形作家になる？　と微笑んだ。冗談だったのだろうが、単純なわたしはすっかりその気になって、ヤマモトエミコ先生からもらったノートに人形作家になる、などと書きつけた。どきどき、どきどきした。文字にしてみただけで、なにか動きだしたような気がして。

その決意の横に自分が作りたい人形の絵なども描いた。着せたい服のデザインなども。学校の休み時間にも描き続けて、あまりに夢中だったからチャイムが鳴って、先生が入ってきたことにも気付いていなかった。

産休をとったヤマモトエミコ先生の代わりに担任になったのは、髪がゴキブリみたいにつやつや黒々した、男の先生だった。名前は、マツオかマツオカかマツモトだったと思う。なぜか、ちゃんと思い出せない。とにかくそのマツ某《なにがし》は、成績の良い子とか顔のかわいい子なんかは「悠人」「みっちゃん」と呼び、そうでない子は名字で呼んでいた。

マツ某は「起立」の号令がかかっても絵を描いていたわたしの席まで歩いてきて、ノートを取りあげた。にんぎょうさっかになりたい。へえー。大声で言った。教壇に立って、絵がよく見えるように広げてみんなに見せた。

すごいなー。人形なんか売って食べていけるのかなあー。すごいなー田中は。算数は苦手でも夢は大きいんだなー。ゲージツカだな、ゲージツカ。みんな、どっと笑った。マツ某はひとしきりゲージツカゲージツカと繰り返して笑い、戻ってきて、ぽいっと投げるようにノートを返してきた。

それが三学期のことで、その日以降ノートを書くのはやめた。夢を持つことは教室でみんなに嗤われるようなことなのだ。わたしのような何の取り柄もない奴が、算数もろくにできないバカが、夢なんか持つのは図々しいことなのだ。人形を描いた頁は、びりびりに破って捨てた。家庭科の授業は、嫌いになった。算数はもっと嫌いになった。

あのとき、彼らの反応がもっと違っていたら。わたしは、いまとは違う人生を歩んでいただろうか。菫さんみたいに。

「手が止まってるよ」

鋏を動かしながら、菫さんがぴしりと言う。わたしははっとして鋏を持ち直した。

「すみません」

それからつとめてなにも考えないようにして、布を裁ち続けた。

「ねえ田中さん」

丸い布切れが山ほどできあがったときに、菫さんが言う。

「いまからお花見に行きましょう、店閉めて」

いまから。わりと気まぐれな人だ。

「え、ふたりで行くんですか？」

「健太郎を誘いたいなら、どうぞ」

平然と言う。いやです。わたしは慌てて首を横に振る。誘ったら来そうなところがまたいやだ。

「お弁当には、出し巻きが入っていると嬉しいのよね」

もちろんそれを作るのはわたしなのだ。別に良いけど。菫さんが誰かに電話をかけはじめた。おにぎりを作りながら聞き耳をたてる。ええ、そう、お花見よ。例の公園よ。来なさい。じゃあね。

二時間ほどして、びっくりするほどボロボロの軽自動車が店の前に停まった。

「彼女のお父さんに借りてきたんだー」

運転席から顔を出して、蓮太郎くんがにこっと笑う。菫さんは大きな声で「物持ちの良いお父様なのね」と嫌みらしきことを言い放って助手席に乗りこんだ。天井が低いために窮屈そうに背中を曲げているふたりを見ながら乗りこんだ後部座席のシートは、穴があちこちに開いていて中からスポンジが飛びだしている。指でつついてみると、陽にやけて乾燥したスポンジはぽろぽろと崩れ落ちた。

車は三十分ほど走って「例の公園」に到着した。石のベンチのほかには木馬のような遊具が二つ並んでいるだけの、さびしい公園だった。陽は既に沈んでいる。わたしたちの他には誰もいない。ぐるりと囲むように植えられた桜は満開なのに。

「ここ、心霊スポットなの。だから誰もいないの」

菫さんが心霊スポットである所以《ゆえん》を語ろうとするので、大声を出して止める。

「あと、すぐ隣がドブ川だから」

そういえばほんのり、そういう臭いがする。菫さんは桜の樹の下にシートを敷いている。

去年は大きな公園で桜を見た。慎一とふたりで。事前に場所取りをする、という発想が互いになく、どこも人がいっぱいで結局ただ歩いて公園を突っ切っただけだった。

慎一は歩くのが遅かった。いつでも。更にその日はときどき桜を見て立ち止まったりするので「それでさあ」と喋りながら振り返ったらいなかった、ということを数回繰り返した。

「なんで妙って、いつも僕のちょっと前を歩くの」と、慎一は不満そうだった。

「歩くの遅いから、慎一は」と答えると眉をハの字に下げて俯き、「いつも妙の後頭部を見ながら歩いている気がするよ……」と遠い目をしていた。わたしはなにも言わなかった。なんでこれぐらいのことでいちいちこんな遠い目をするんだろうな、面倒くさい男だよなまったくよう、程度の感想しか思い浮かばなかった。

あのとき慎一にごめんねと謝って、隣を歩いていたら婚約破棄されずに済んだんだろうか。歩調を合わせてくれないということが、そんなにいやだったんだろうか。

などと考えているうちに、お弁当の殆どを蓮太郎くんが食べてしまっていた。

「あの人にも、こういうの作るの」

蓮太郎くんは父親も母親もあの人、なので、状況に応じて判断しなければならない。

「作ったことない」

千歳さんにそういう「手段」みたいなものを使うことに抵抗がある。菫さんがいきなり「ドブを見てくる」と言って立ちあがった。後ろ姿を見送りながら、蓮太郎くんが「なんで？」と尋ねてくる。理由をそのまま口にすると蓮太郎くんはげらげらと笑いだした。

「大袈裟《おおげさ》な。たかが煮たり焼いたりするだけのことを『手段』だなんて、なんて大袈裟なんだ」

「それはそうだけど」

その煮たり焼いたりしただけのものを先程「案外いける」「意外といける」と言って食べ尽くしたくせに、蓮太郎くんは笑い続ける。

「あの人が料理できないことと、関係ある？」

「ないよ」

視線を合わせないように、紙皿を片付けながら簡潔に答える。家事労働が不得手なのに結婚を申しこまれた菫さんに、わたしが「手段」をもってしても敵わないとすれば、それは残念だけど、かなしむほどのことではない。だって千歳さんはとりあえずの人なんだから。

千歳さんもきっとそのつもりなのだ。だってこのあいだも、そんな風なことを言っていた。妙ちゃんがお嫁に行くときは、どうのこうのと。結婚式場のコマーシャルが流れたときに。それを聞いたわたしは、もしかしたらへんな顔をしていたのかもしれない。千歳さんはなにかを言いかけて、急に口を噤《つぐ》んだ。

だってもし、千歳さんが考えていたのがわたしとの結婚なら「お嫁に来る」と言うはずだ。絶対そうだ。

気が付くと菫さんが戻ってきていた。

「ドブはどうでしたか」

「ドブだった、相変わらず」

風が吹いた。菫さんは舞い落ちる桜の花びらを受け止めようと、顔を上に向け、両手を宙に浮かせた。蓮太郎くんもそれに倣《なら》う。そっくりなふたりが真剣な表情で同じポーズをとっている。なにか神聖な儀式のようにも見える。


蓮太郎くんとそんな話をしてからまもなくして、千歳さんの部屋でご飯を作ることになってしまった。

菫さんのところに、島にいる親戚から発泡スチロールにぎっしり入った鰹《かつお》が送られてきたせいだ。数えてみると、十尾以上ある。砕いた氷を敷きつめた箱の中で、鰹はよく研いだ刃のように見えた。「ひかりもの」ってほんとうに光るんですね、これたたきにしましょうね、と言いながら三枚におろした。二尾ぶんおろしたところで、後ろで見ていた菫さんが声を上げた。

「田中さん！　ちょっと、もういい！　残りは健太郎にでもあげて頂戴」

どうやらあまり鰹が好きでないらしく、箱ごと押しつけてくる。仕方なくその箱を抱えて、夕方千歳さんのアパートにむかった。

店につくと、千歳さんは箱を覗きこんで「ほほん」という感心したような声を出す。

「一緒に食べよ」

と微笑まれて「いや昼もさんざん食べたのです（菫さんが食べなかったから）」とも言えず、頷いてしまった。

「じゃあ台所借りるね」と言うと、千歳さんは「まな板はそこ」などと言いながら当然のことのようにわたしの隣に立って支度をはじめた。一緒に作る、という発想がまるでなかったので、驚いた。

千歳さんはまめに自炊をする人らしく、出刃包丁などもちゃんと置いてある。鰹は全て三枚におろして、半分は冷凍した。

鰹の身を切り分けながら「これちょっと小さく切り過ぎたかもしれない」と言うと、千歳さんはまな板を覗きこんで「ああ大丈夫、小さくたってどうってことないよ」と答える。千歳さんは大概のことはどうってことないで済ませる人なのだ。

「俺あんまり鰹のたたきって好きじゃない」

とのことで、竜田揚げにした。熱した油の中に鰹の身を落としているわたしの横で、千歳さんはキャベツを千切りにしている。わたしよりずっと慣れた手つきだった。すごいね、と言うと怪訝《けげん》な顔をされた。「煮たり焼いたりするだけのことでしょ」と千歳さんは言う。

蓮太郎くんの言うことは正しかった。「手段」だなんて、大袈裟だ。この人の前では。

完全に考え過ぎだったたな、と拍子抜けしながらじっと手元を見ていると、千歳さんは顔を上げてちょっと頬をゆるめた。

「楽しいね」

「そう?」

「うん。絵本の中の人みたい」

二匹のねずみの絵本を、むかし蓮太郎くんに読んであげたのだそうだ。二匹のねずみは仲良しで、いつも一緒にいて、どんぐりを集めたりフライパンいっぱいにカステラを作ったりする。

「それが、とても楽しそうで。良いなあと思った」

その絵本は、わたしも読んだことがあった。でもさあ、あのねずみたちって恋人とか夫婦じゃなくて相棒だったよね。いやあの、別にお姫様と王子様とまではいかなくてもいいよ。でもほら、もう少し、なんだろう、うーん、色気、そう色気のある関係にたとえてくれないかな、だってわたしたちさ、一応さ、と言おうとした拍子に手の甲がフライパンの縁に触れる。アビャンみたいな声が喉の奥から迸《ほとばし》って、熱いやら自分の発した叫びのへんてこさにびっくりするやらで、完全にパニックに陥った。

「大丈夫?」

慌てた千歳さんがわたしの手を取って、蛇口の下に持っていく。水を出して、そのまま冷やしておいてね、と言って部屋を出ていってしまった。ややあって、救急箱らしきものを提げて戻ってきた。アパートの住人の誰かに借りてきたらしい。

軟膏《なんこう》を塗ってガーゼをあてたうえに、包帯まで巻こうとするので慌てて止めた。

「そこまでしなくていいよ。もう痛くないし」

ほんとうはまだひりひり痛むけど、嘘をついた。

「痛くないって思いこもうとしたって、やけどはやけどだよ」

千歳さんは包帯をぐるぐる巻きながら諭すように言う。

「ちゃんと手当てをしないといつまでも痛いんだよ」

包帯を巻かれた自分の右手を目の高さまで持ちあげてみる。それでもやっぱり包帯は大袈裟すぎる。

気をとりなおして夕飯作りを再開し、茶碗や皿をローテーブルの上に並べた。

「島にいるときは、やっぱりおかずは魚が多かった？」

箸を動かしている千歳さんに尋ねてみる。

「おかずというか、おやつにウニとか牡蠣《かき》とか食べてた」

「えっ、お母さんが『今日のおやつはウニよー』って出してくるの？」

想像して笑ってしまったが、千歳さんは笑わなかった。一瞬、へんな沈黙があった。あれ、と焦りかけたときに「いや、自分で獲るんだよ」と千歳さんが岩にはりついた牡蠣の獲りかたを説明しはじめた。

「おかずはシンプルだった」

「そうなの？」

「白ご飯と、あと大皿に刺身ドーン、みたいな」

「ドーン」

「そう、ドーン」

喋っているうちに食べ過ぎてしまい、わたしはこっそりスカートのベルトを外して鞄に隠した。

下を向いたら口から鰹が出てきそう、と汚いことを言い合いながら、ふたりとも仰向けに倒れる。並んで天井を見あげていると、千歳さんが突然「おやつ」と呟いた。

「おやつ、ってことば、かわいいよね」

「なに、いきなり」

「いや、別に理由はないんだけど。ふとそう思って」

「おはし、は？」

卓上の箸を指差すと、それは違うと首を横に振る。わたしたちはしばらく、字面や音の響きがかわいいと思うことばについて語り合った。

「こばと」

「くるみ」

「あくび」

千歳さんはつぎつぎと挙げていく。わたしは「まぶた、いやこれはいまいちかな」と首をひねっている千歳さんのことを一瞬、まぬけだな、と思った。そしてすごいな、とも思う。わたしが逆の立場ならば、おそらく「こんな話題は大人の男として相応しくない、見くびられてしまう」と躊躇する。だから年下の女に見くびられるような隙を曝《さら》して平然としていられる、その余裕に恐れ入る。もしかして、ちゃちな見栄やらなんやらを超越したすごい男なのかもしれない、と。

「こぶた」

やっぱり、ただなんにも考えていないだけなのかもしれない。そう思わせるあたりが、千歳さんなのだった。

「しらす、は？」

「え、可愛くないよ。妙ちゃんは名前のかわいさとしらすという存在自体のかわいらしさを混同しているよ」

千歳さんが全力で否定するので、わたしは気分を害した。

「じゃあ、かっこいいと思うものの名前は？」

一瞬流れた不穏な空気をかき消すように、千歳さんがお題を変える。

「ボツリヌス菌」

「マイコプラズマ菌」

ほぼ同時にわたしたちは言い、菌類は無駄にかっこいい名前が多いよね、と意見が合致したところで起きあがり、お皿を洗った。二匹のねずみでも悪くないかな。

こうやって一緒に楽しく過ごせるならそれでもいいかな。スポンジを摑んでいる千歳さんの泡まみれの手を見ながら、そう思ったりもした。

「ねえ、妙ちゃん」

「なに?」

「海を入れる」

何のことか一瞬わからずぽかんとしていると、皿をスポンジでこすりながら、千歳さんは「前に、俺なら棺桶になにを入れるかって訊いたでしょ、その答え」とやわらかく言った。

「海を? 入れるの?」

あまりに壮大な答えだったので、なんと答えていいかわからない。海を、だよ。千歳さんはもう一度言い、それ以上はなにも言わずに皿を洗い続けた。

七

ぽかっと殴りたくなるときがあるわけ、頭を、と女の人は言った。え、頭をですか、と尋ねると髪を揺らしながら、そうよと頷く。女の人は桃子《ももこ》さんという名で、十分前に会ったばかりなのに、もうずっと以前からともだちみたいな口をきく。

先程菫さんと「いつも心に棺桶を」と唱和しているときに、千歳さんがこの人を連れて庭に入ってきたのだった。

「この人、桃子さん。アパートの大家さんの娘さん」

バービー人形が着ているような鮮やかなピンクの、タイトなワンピースを着ていた。睫毛が濃く長く、顔は小さく、ゆるやかに巻かれた髪は肩のあたりで豪奢《ごうしゃ》に広がっていた。

千歳さんが住んでいるアパートの、大家さんの娘の話は以前に聞いたことがあった。一度結婚したけれども離婚して戻ってきて、いまは大家さんが病気なので看病しながらアパートの管理をしている三十代後半の人だ、と言っていた。その話から想起した女の人と、目の前の華やかな女の人はまったく雰囲気が違っていて、呆気にとられた。

「菫さんの棺桶の話をしたら、興味もったらしくて。だから連れてきたよ」

菫さんはじゃあどうぞ、と言って店の戸の鍵をポケットから出した。ふたりが店に入っていくのを、立ったまま見送る。ガラス戸が閉まるまで、隣にいる千歳さんの視線は桃子さんのワンピースからまっすぐ伸びている脚に長いこと留まっていた。

千歳さんは女の人の脚や胸などをチラチラでもなく、ジロジロでもなく、ニヤニヤでもなく、美術館で絵画を鑑賞しているような恬淡《てんたん》とした表情でじっと眺める、そういう困った癖がある。見過ぎだよ、と注意をすると「だって妙ちゃん、きれいな花が咲いてたら見るでしょう」などと、まるでこちらが自然の美を慈しむ心のない無粋な人間であるかのごとく非難してくるのだった。

「俺も店の準備あるから」

と言って千歳さんは帰っていった。店に入っていくと、桃子さんは棚の前に立って珍しそうに商品を見ていた。

「駅のこちら側にこんなお店があるなんて知らなかった」

「そうですか」

客商売にあるまじき素っ気なさで菫さんは答えたが、桃子さんは気にしていない様子だった。

「あの看板」

わたしは思わず言った。

「アパートのあの看板、かけてますよね」

サクラ・アパートメントのサク、がかけていることがずっと気になっていたのだった。

「ああ、あれ」

桃子さんは笑う。うちの父はものすごく吝嗇《けち》な人だったの。あの看板は台風の日に飛んでいって、割れちゃったの。新調するお金が惜しかったのね。アパートの名前なんかどうでもいいんだって。五年前に死んだんだけど、ずっと看板は替えなくていいぞって言ってた。喋りながらころころ笑い続ける。

母が桜の花を好きだからサクラ・アパートメントにしたんだけどね、と話は続き、そこから入院中の母親の話になったのだった。

「ぽかっと殴りたくなるときがあるわけ、頭を」

「頭を、ですか」

「そうよ、母の頭を」

「はあ」

返事に窮《きゆう》して、結局バカみたいな声を出した。

桃子さんのお母さんは、お父さんが死んだ直後からだんだんと認知症の兆候が出始めたそうだ。桃子さんとその兄とで面倒を見ていたものの、夜中知らぬまに家を出ていって迷子になったりするのでだんだんと手に負えなくなり、施設に入所したが少し前に腎臓の病気が見つかり、いまは併設の病院に入院しているということをきわめて軽い調子で話し続ける。兄は独り身だし、在宅で仕事をしているのでそのへんは融通がきいて助かる、というようなことも。

「兄と交代で、一日おきに病院に通うの。結構それってハードな生活なんだけど、髪型とか服装とかは、絶対手を抜かないことにしてるわけ」

すすめられた椅子に腰掛けて言う。わけ、というのが口癖のようだった。テーブルに置かれた手の爪は短く、ぴかぴかに磨かれていた。

「そうしないと病院に行けないわけ」

おしゃれというより武装。わかる気がする。わたしも会社勤めの頃は念入りに化粧をしていた。きれいにみせたい、という気持ちでは決してなく。

「で、どうして頭を殴りたくなるんですか」

「だってわがままなんだもの。外に出たい、ごはんがまずい、このパジャマはいやだ、尿瓶《しびん》を使うのはいやだ、って毎日毎日毎日。ベッドのマットレスの下にボールペン隠すとか、わけわかんないこともよくやるし。

ねえ、それに、なにもかもわかんなくなってるの。兄のことは病院の医者だと思ってるし、わたしのことはヨシ子って呼ぶの。ヨシ子って三歳ぐらいのときに死んじゃった自分の妹よ。どうしてそんな昔のことは覚えてるのにわたしたちのことは忘れるの。それが認知症というものだって、ちゃんとわかってる。でもわかっていても嫌なの。ほんとに嫌なの。

元気な頃は、あの人すごくヒステリックだった。いつもぴりぴりしていて傍《そば》に寄ると、うるさい鬱陶しい金ばかりかかる見てると苛々するって怒鳴られた。そのくせたまにべたべた、可愛がってくるの。桃ちゃん桃ちゃんって。ねえ、わたしは全部覚えてるのにどうしてあの人は忘れるわけ」

一息にそう話す桃子さんはうっすら笑みを浮かべていた。つとめて冷静に喋ろうとして、結果的にはりついてしまった、かなしい笑み。

「介護してる人って、よく言うじゃない。いじわるされた姑《しゅうとめ》だけど、もうこんなに老いて小さくなってしまっては恨みごとなんか言えない、とか。過去は忘れないけど流せる、とかさ。なんであんなに寛大なのかな。なんであんなにやさしく足をさすってあげたり、お尻拭いたりできるの。ねえ、なんでわたしにはそれができないの」

菫さんは桃子さんの向かいに座って、黙ってそれを聞いていた。わたしはその後ろに所在なく立っている。

「だから自分の記憶を埋めたいって思ったわけ。絶対にそのほうが楽よ。なんでなんでって思いながら世話するのがつらい。あの人がわたしを娘だと思ってないなら、わたしもあの人をもういっそ、知らない人だと思いたい。ボランティアでやっていますって。そのほうがきっと楽だから」

　菫さんがわたしのほうに顔を向けた。声を出さずに唇だけ動かして「のみもの」と言っている。

　台所に入って、戸棚の中を探した。桃子さんに限らずここに来るお客さんは事情を抱えていそうな人が多いし、こういうときになにか気持ちが落ち着くような飲み物を出せたらいいのにな、と思う。カモミールのお茶は天然の精神安定剤、となにかで読んだ気がする、いや違うかもしれない、と頭を巡らせ、結局わからず、そして当然のごとくカモミールのお茶などこの家には置いてないので、しかたなく普通の紅茶の缶を取りだした。せめておいしく、と念じながら淹《い》れ、盆にのせて戻ってくると、桃子さんはすこし落ち着いた様子で座っていた。席を外しているあいだにどのような会話がふたりのあいだで交わされたのかは、不明だ。

「それで、どうします」

菫さんは棺桶が並んでいる棚を手で示した。

「そうね」

桃子さんは立ちあがり、ボタンとビーズをたくさん貼り付けた箱を手に取ってみて、しばらく開けたり閉めたりを繰り返していた。

「でもやっぱり、やめる」

「ええっ」

わたしは思わず声を上げたが、菫さんは表情を変えない。

「埋めるの、やめる」

桃子さんは笑った。先程のようなかなしい笑いかたではない。恥ずかしそうに、肩をすくめる。それから熱い、熱くておいしい、と騒がしく感想を述べながら紅茶を飲んだ。

棺桶を買うのをやめた桃子さんはかわりに、布製の小さな黒いうさぎを買った。十センチぐらいの大きさで、赤い上着を着ている。手足と胴に針金が仕込まれているために、自在なポーズがとれる。

「病室に飾っとくね」

紙袋に入れて渡すと、桃子さんは袋の上から指先でちょんとうさぎをつついた。

そして、ありがとう、と顔の横で指だけをひらひらさせて、店を出ていった。

「一体あの人に、どのようなことばをかけたんですか」

桃子さんが出ていったあとわたしが尋ねると、菫さんは怪訝な顔をする。

「なんにも言ってないけど」

「え、じゃあなんで、あんな急にけろっとした顔になってうさぎ買って出ていったんですか」

「知らない。話しているあいだに本人のなかで、なんらかの劇的な変化が起こったんでしょう」

「なんなんですか、その『なんらかの劇的な変化』って」

「あるでしょう、あなたにだって。そういうこと」

「ないですよ！」

へえ、ないの、へえ。菫さんはさして興味もないという調子で呟くと、居間に引き揚げていった。

納得できない、なんらかの劇的な変化ってなんなの、と夕方チトセボタンに寄って報告する。

「桃ちゃん、そういう気まぐれなとこあるから」

ソファーに座って納得できないと繰り返すわたしを、千歳さんはボタンをいれた瓶を布で拭きながら軽くいなす。


気まぐれな人に会っても動じない。


やっぱり揺るぎなさなんだよなー、と思いつつノートを取りだしてそう書いていると、千歳さんが隣に座った。

「なに書いてるの、いつも」

「ああこれ。注意事項とか。願望とか。目標とか」

目標。千歳さんは呟いて首を傾げている。

「なんか、いっぱい書いてるんだね」

あらためて頁をめくってみる。書いた後に二重線で消したり、書いたこと自体忘れているものがあったり、そもそも自分が書いていることの意味がわからなかったり、ここ最近の自分そのものの迷走ぶりなのだった。

「いっぱい書いたけど、全然役に立ってない」

情けない気持ちになる。ヤマモトエミコ先生。こんなことほんとうに意味があるのですか。ないのかもしれない。あの頃だって早起きする、などと書いたけど結局毎日母に叩き起こされていた。

「そんなにいろいろ考えなくても。ひとつでいいんじゃない。なにかひとつ大切な信条があれば、その他の小さいことなんて後からついてくるよ」

「千歳さんの、その、大切な信条はなんなの？」

そうだなー、うーん。頬に手を当てて真剣に考えている。

「じゃあ妙ちゃんから目を離さない、にする」

まるで人を落ちつきのないこどもみたいに言って、千歳さんはにこにこしている。

「なんなのそれ」

ノートを閉じて、ついでに目を閉じた。溜息をついていると、千歳さんが「あんまり考えると熱が出るよ」などと言ってわたしの肩に腕をまわす。千歳さんの肩に頭をのせて、また小さく息を吐く。

「なんかさ。菫さんのところで働いていて、さびしいなって思うときがある」

お客さんと菫さんのあいだにある「わかりあっている空気」を共有できなくてさびしい。菫さんの考えていることが、いまいちわからなくてさびしい。こんなグズグズした気持ちを、菫さんは一度も抱えたことがないんじゃないかと想像するとさびしい。わたしは菫さんの強さに憧《あこが》れる。でも同時に、苛立つ。強い人はわたしを苛立たせて、その後さびしくさせる。

「千歳さんはさびしくなかったの」

いつもひとりでまっすぐにしっかりと立っている、まるで「あなたの助けは必要ありません」というプラカードを掲げているような菫さんの傍にいて。

「そうだねえ」

千歳さんの指が、わたしの肩の上でぱたぱたとリズミカルに跳ねているのを、首をひねってじっと見る。千歳さんの指はどれも細長くすっと伸びている。人さし指と中指と薬指がほぼ同じ長さで、楕円の爪が整然と並ぶ。

「でもさびしいのは標準仕様でしょ。なんていうか。人間の」

千歳さんは、不可思議なことを言いだす。

「標準仕様?」

「うん。さびしいって、普通のことだよ。当たり前のことだよ」

こうやってふたりでいても、さびしいよ。でもそれは当たり前のことなんだよ。だからほんの一瞬でも、誰かと気持ちが通じ合うと嬉しいんじゃないか。その一瞬のために、声や目や手を駆使して伝えるんじゃないか、と語る千歳さんの指はぱたぱた、ぱたぱたと動き続けている。

首を伸ばして頬に唇をあてると、また剃り残していたらしい短いひげに皮膚を削られた。「痛」と呟くと千歳さんはとても楽しそうに笑うのだった。

千歳さんの笑いかたが好きだ。手が好きだ。へんなことと素敵なこととを同じ温度で告げる声が好きだ。

総合すると、わたしは千歳さんがとても好きだ、ということになる。イスリロン。それはまずい。とりあえず腰を下ろした椅子から立ちあがれなくなってしまうのは、すごくまずい。


さびしいって普通のことだよ。当たり前のことだよ。そのことばを、わたしは先程から念仏のように繰り返している。孤独。そうだ、人は当たり前に孤独なのだ。みんなたったひとりで、戦うのだ。がんばれわたし。でも戦うって、なにと?

親戚一同をぎゅうぎゅうに詰めこんだマイクロバスが朝の十時に家の前まで迎えにきて、祖母の七回忌がはじまった。姉一家と弟一家はそれぞれ自宅から車で直接お寺に向かうのだそうで、マイクロバスに乗りこんだのは母と父とわたしのみだった。

　母の姉であるミキ伯母さんと同居していた祖母は、わたしと同世代の演歌歌手の男の子のファンで、白髪を薄紫色に染めていて、よく笑う朗らかな人だった。九十八歳で死んだ。祖母の人柄のせいなのか、ある晩「おやすみ」と床《とこ》についてそのまま眠るようにして死んでいたという穏やかな最期《さいご》だったせいか、通夜も葬儀も奇妙に明るい雰囲気の中で行われていた。出棺のとき、誰もが涙を零《こぼ》しながらも一様に微笑んで、祖母の頰をなでていたのが忘れられない。

　死んだ直後でさえそうだったのだから、七回忌ともなればもう祝賀的ムードすら漂っている。

　お寺でお経をあげてもらって、その後はまたマイクロバスに詰めこまれて、予約していた料理屋に向かう。二階の、二十畳ほどの座敷で食事をして、思い出などを和やかに語らって解散、のはずがだらだらと酒を飲むなどしていっこうに終わる気配がないのだった。斜め前の席では姉の娘ふたりが無表情に携帯ゲーム機におおいかぶさっているし、隣では母と叔母《おば》がなんとかという健康食品の効能について話しているし、好き勝手にがやがやしている連中の隙間を縫うようにして、弟のこどもが超音波のような声を発しながら駆けまわっている。法事の日に、あろうことかドクロの絵のついたTシャツを着せられている。なんだっけこの子の名前。煌星《こうせい》？翔星《しょうせい》？　そういう名前だったような気がする。確認しようにも先程から弟の姿が見えない。弟の奥さんは一心不乱に天婦羅《てんぷら》を食べているので話しかけづらい。こんなにも居心地の悪い場所が地球上に存在するなんて。

姉はお寺を出た後、なにやら体調が悪いと言いだして帰ってしまった。うらやましい。

おじおばどもに質問攻めにされることはなかった。ただ十分おきに姉や弟のこどもを見ながら「妙ちゃんもはやく……ね？」とか「お父さんとお母さんを安心させてあげないと……ね？」みたいな圧力をかけられるだけで。道路に固定されてゆっくりと車に轢《ひ》かれるというのは、おそらくこういう感覚なのではないだろうか。じわりじわり、押しつぶされる。

「トイレ」

耐えられずに席をたつ。座敷の襖《ふすま》を開けると、廊下に置かれたソファーに弟が座っていた。煙草を咥えたまま、わたしを見る。煙が目にしみるらしく、左目だけを細めていた。なにあんた、と呟く声が掠《かす》れる。ちゃんと結婚してこどもがいて、小さい会社とはいえ正社員で働いていて、なんら肩身の狭いところのないはずのあんたがなんでこんなところで自由を満喫してんのよ、わたしはね、さっきまで車に轢かれていたんだよ？　と言ってやろうとして、それがまったく見当違いなやつあたりであることに気付き、口を噤《つぐ》んだ。

弟の名を呼ばなくなったのは、いつからだろう。昔は姉を蘭《らん》ちゃん、弟は玲《れい》くん、と呼んでいたのに、どちらもあんたで済ませるようになってしまった。蘭・妙・玲、ってわたしだけなんだか名前が地味、という劣等感をうっかり抱いてしまったせいもあるが、殊《こと》に弟に関しては年齢を重ねるにつれ近寄り難さが増していくのだった。いろいろと尋ねたいことはあるのだが。たとえば一体美容院でどう注文すれば、そのようなおかしな黄土色に毛染めをしてもらえるのか、ということなど。

「座れば」

昔はたえたん、と舌足らずに発音していた弟もまた、呼びかけを省略してソファーの端を顎でしゃくった。わたしは、ああ、うん、あー、ねえ、などと曖昧なことばを発しながら腰を下ろす。

「だるいな」

それはこの法事に関する弟の全感想らしかった。うん、と答えるとそのまま会話は途切れた。弟は煙草を吸い続け、わたしは腕時計を外したりまたつけたり、スカートの裾《すそ》から出ている謎の糸を気にしたりして時間をつぶす。

あのさ、と弟が突然こちらを向いた。

「姉ちゃんと最近喋った?」

弟の言う「姉ちゃん」とはわたしのことではない。美容院での会話を報告する気にもなれず、まあ、と濁す。

「でも、なんで?」

「妙が、妙が、って会うたびに言うからうるさい」

「え」

だから姉ちゃんはさ、と弟が言いかけたとき、どすどすどす、と階段を上がる足音が聞こえてきた。「あ」と弟が呟き、振り返ると黒く光る巨大な物体が視界に入った。

「妙子隊員ーっ! ひさしぶりだなーっ!」

黒く光る巨大な物体は光の如《ごと》き速さで近付くと、わたしにヘッドロックをかけてきた。もう片方の手でシャンプーをするように髪をぐしゃぐしゃと掻きまわす。ギャアアというわたしの絶叫が響く。その声を聞きつけたらしく、襖が開いてミキ伯母さんが顔を出した。

「ツカサちゃん。セクハラよ、それは」

ツカサちゃんと呼ばれた黒く光る物体は尚もわたしの頭を乱暴に撫でながら「悪いね、仕事が長引いて」と法事に遅れた言い訳をした。ミキ伯母さんは近付いてきて「おつかれさま」とねぎらってから、ツカサ伯父《おじ》さんの腕に軽く触れた。

ツカサ伯父さんはミキ伯母さんの夫で、だからわたしとは血の繋がりはない。地獄の底から響くようながらがら声の、色黒でやけに顔がテカテカとした、百九十センチ近い体軀《たいく》の、日常的に川で熊と鮭を奪い合っていそうな物腰のツカサ伯父さんは、なぜか昔からやたらとわたしに構う。なんの隊にも属していないし、あと「子」はいりません、と何度も言っているのに頑なに「妙子隊員」と呼び続ける。そして放っておいてほしくて隅っこにいるわたしを、なぜかいつも座の中心に引っぱりだそうとするのだった。

会社を作るのが趣味なのではないか、と思う程いくつも会社を持っている。社名が変わったり、一年ぐらいで廃業したり、また新たな会社を設立したり、忙しい。とても覚えきれない。いまは確かバッティングセンターとテナントビルとこども向けの英語教室とレストランをやっているはずだ。

「セクシャルハラスメントなら、もっと美人にやるよ」

とても失礼なことを爽やかに言い放って、ツカサ伯父さんは豪快にわははと笑った。あんまりだと思う。

「わたしみたいな美人のことね、ツカサちゃん」

「そうだよ。ミキちゃんみたいな美人だよ」

六十代の夫婦が互いをちゃん付けで呼び合い小突き合ってニヤニヤしている隙に、大急ぎでツカサ伯父さんの腕から逃れた。ミキ伯母さんは頰に手を当てて微笑んでいた。こどものいないふたりは仲が良くて、いつでも一緒にいる。ツカサ伯父さんの隣に小柄で細面な美人であるミキ伯母さんが並ぶとまるで山賊に囚われたお姫様に見えるけれども。

「妙子隊員、最近どうだ」

いっそ「全然だめであります隊長」などと答えてしまおうか。しかしそれよりはやく弟がだるそうに口を開いた。

「そいつは婚約してた男にふられておまけに無職っスよ、伯父さん」

ぎょっとして目を向けると、ほんとのことだろ文句あんのかよとでも言いたげに鼻から煙を出してこちらを軽く睨《にら》んでくる。事実なら誰かれ構わず言ってもオッケーなどというルールはこの世にはないのだ。『言わぬが花』と毛筆で書いて弟に叩きつけてやる。今日は無理だけど後日絶対やってやる。それに。

「無職じゃないもん」

弟は煙草の灰をドクロが描かれたださい携帯用灰皿に落としながら、わたしの弱々しい抗議をせせら笑う。

「ああそうだよな。働いてるよな。非正規雇用者だけど」

ヒセーキコヨーシャ、という弟の発音は、完全にわたしをバカにしている。

「いやだ、ふられたの！」

「ええっ！　無職なのか！」

ミキ伯母さんとツカサ伯父さんがほぼ同時に叫ぶ。だから無職じゃないんだってば。弟が煙を吐く。襖の向こうが一瞬静まり返る。そしてわたしは。

「トイレ」

そのまま廊下を走って逃げだした。いたたまれない。いたたまれなさ過ぎる。

八

　菫さんはときどき高熱を出す。数か月に一度という頻度で寝こむようだ。この前は二月頃だった。「インフルエンザかもしれないので病院に行きましょう」と言うと「よくあることだから」と制された。氷で冷やしたタオル（貼り付けるタイプの冷却シートは、おかしな匂いがすると言って大変にいやがるので使えない）を額にのせると、気持ちよさそうに目を閉じる。やっぱり他人の「行き場のないなにか」なんてものを引き受けていると、疲れるのだろうか。

　ストレスと発熱って絶対関係あるよな、と思う。先月の法事の後、わたしも熱が出そうだった。思い出すとくらくらしてきたので、意識をよそへ向けるべく、部屋を見渡した。

　ベッドの隣の鏡台の上に通帳がのっていたので、慌てて目を逸らす。逸らした先、壁に取り付けられた飾り棚があって、そこにボックスティッシュぐらいの大きさの箱がのっていた。黒い布張りの、なんの飾りもついていないもの、あれはもしかすると。

「あれは埋めない」

はっとして視線を向けると、菫さんがわたしを見ていた。

「わたしの棺桶には、埋めてはいけないものが入ってるから。目に留まる場所にずっと置いておくの」

「埋めてはいけないもの？」

「背負っていくべきもの」

「なんですか、それ」

菫さんはなにも答えない。

お粥《かゆ》の鍋を火にかけていたのを思い出して一旦台所に戻った。

なぜ埋めてはいけないのだろう。ガスコンロの火を止めて、考えこむ。誰かの行き場のないなにか、を受けとめ続ける菫さん自身はそれを背負ったままでいるなんて、それはなんだかすごくさびしいことのように思えた。

寝室に戻ると、菫さんはもう眠っていた。カーテンを閉めた窓の外から雨音が聞こえて、ちょうどよい子守歌になったのかもしれない。

そういえば今朝ニュースで梅雨《つゆ》入り宣言してたな、とぼんやりと思う。

タオルケットをかけた胸がごく小さく上下している。もとは両親が使っていたという真鍮《しんちゅう》のベッドは大きく、そこに真っ直ぐに横たわる菫さんの姿は女王のように威厳があった。発熱して、ぐったりと寝こんでいてもなお。

菫さんの寝顔を見ていると、千歳さんのことが頭に浮かぶ。

千歳さんの寝顔を見ているときは、菫さんのことが頭に浮かぶ。

同じ島の、同じ太陽を浴びて育ったふたり。この家で、菫さん一家とごはんを食べる高校生の千歳さん。千歳さんの成人式のスーツを選んであげる菫さん。両親を亡くした菫さんをいたわる千歳さん。役所に婚姻届を出しに行くふたり。青い線の入った妊娠検査薬を千歳さんに見せる菫さん。お腹の大きい菫さんを気遣って「そこに石が」「そこに水たまりが」と騒ぎながら歩く千歳さん。分娩《ぶんべん》台で菫さんの手を握る千歳さん。育児書片手に離乳食を作る千歳さんを眺める菫さん。はいはいする蓮太郎くんを眺めるふたり。小学校の入学式に揃って出席するふたり。千歳さんは涙ぐむが、菫さんはそれを一瞥《いちべつ》するだけで、表情を変えない。

これらは全てわたしの脳内劇場で上映されたものであって、事実とは違うかもしれない。でも同じフィルムを何度も繰り返し見ているといろんな感情がマーブル模様になって、わけがわからなくなる。結婚していたことや、子を成した事実よりも、ふたりの時間の集積がうらやまし過ぎて、胃のあたりがむず痒《がゆ》くなる。あのときこうだったね、ああだったね、と振り返ることのできる記憶がふたりにはある。むず痒くなる必要なんてない。いつか、いつだかわからないけどいつか、ここからいなくなるのだから。繰り返し、自分に言い聞かせる。

菫さんは、まだ眠っている。

菫さんの熱は、二日ほどで下がった。すりおろしたりんごとお粥を食することにほとほとうんざりしていたものらしく、店に出てきてお腹が空いたのお腹が空いたのと連呼する。モップがけの手を止めて時計を見ると午前十時過ぎで、すこし早めに台所に入った。冷凍の海老を茹《ゆ》でながら冷蔵庫の野菜室を開ける。アボカドと和えてサラダにしようと思ったのに切らしていた。しかたなくブロッコリーを取りだしていると菫さんが台所に入ってきてまだなのまだなのとまたもや連呼。よほど空腹らしい。あとスープと、オムレツでも（菫さんは卵が好きだ）作りますからと言うと、おとなしく居間に引き揚げていった。空腹のときは連呼。菫さんの新しいデータを得た。

お茶を淹れていると、二回くしゃみが出た。

「どうしたの、風邪？　うわさ？　花粉？　ハウスダスト？」

なぜか菫さんがやたらわたしのくしゃみを気にする。

居間のテーブルには、グレープフルーツがふたつ置かれている。菫さんが熱を出したと言ったら、千歳さんが持ってきたものだ。店のほうにやってきて、これ菫さんに、と言って会わずに帰っていった。わたしがいなければ、直接渡したのだろうか。それはそうだろうが。だろうが、嫌だ。いつのまにかまた棘に囲まれている。

棘は、嫌い。

料理を並べて、いつものように向かい合わせに座ると菫さんは黙って両手を合わせた。

自分の手の甲をじっと見つめる。千歳さんの部屋でごはんを作ったときにできたやけどのあとは、すぐに手当てをしてもらったせいかごくうっすらとしか残っていなかった。

「どうして別れたんですか。千歳さん、あんなにやさしいのに」

グレープフルーツをひとつ手にとって弄《もてあそ》びながら、尋ねた。菫さんはロールパンを小さくちぎり、それをまた更に小さくちぎった。パン粉のような状態になるまでちぎりながら、しばらく窓のほうに目をやっていた。風がはいってきて、カーテンを揺らす。答える気なし、と判断して立ちあがりかけたとき、菫さんが「庭」と言う。

「庭?」

「健太郎の心は美しい庭と同じなの。風通しが良くて、明るくて、居心地がいい」

そして、わたしの顔を見る。

「そういうこと」

菫さんはフォークを置いて、静かにお茶を飲んだ。そういうことって、どういうことですか。なんでわざわざ庭にたとえるんですか。全然わかりません。でも菫さんが「これ以上なにも尋ねてくれるな」という空気を発しているために訊くことができない。

しばらく逡巡《しゅんじゅん》した揚句、わたしの口から出たのはなぜか「グレープフルーツ、切りますか」ということばだった。もし仔細に語ってもらったところで、結局わたしはそれを彼らと共有することができない。さびしい。そう思うと無性にさびしい。

菫さんはええお願い、と目を伏せてまたお茶を飲んだ。

「グレープフルーツのお礼、チトセボタンに持っていって頂戴」

夕方、帰り支度をしているわたしに向かって、菫さんが卵を一パック差しだしてきた。おそらく他にあげられるものがないのだろう。一応、時折軽トラックで農家の人が売りにくる『ナントカ農場の産みたて地鶏の卵』みたいなちょっと高価なものではあるが、購入して少し日がたっているので既に産みたてではない。

「菫さん」

「なに」

「菫さんの心は、どんな庭なんですか」

健太郎の心は美しい庭、の意味がやっぱりどうしてもわからず、でも菫さんは千歳さんのことをこれ以上詳しく話したくはなさそうだったし、だから代わりにそう尋ねたのだった。

菫さんは一瞬困ったような顔をして、それから窓の外を指差した。

「この庭」

この庭？　わたしは窓の向こうを見つめて、途方に暮れる。

なにも言えぬまま卵を受け取り、千歳さんの店に向かった。

さびしいな。卵のパックを持って慎重に歩きながら呟いたら、余計にさびしい気持ちになった。ついさっきまで菫さんの傍にいて、今から千歳さんのところに行くのに、それなのに、それだからこそ。いくら標準仕様でも、やはりさびしい。

草が伸び放題の、荒れたあの庭。それが菫さんの心だというのだろうか。

菫さん。さびしいです。

チトセボタンの扉をあけて入っていくと、千歳さんがわたしの顔を見るなり「どうしたの」と首を傾げる。

「別にどうもしてない」

「どうもしてないのに、なんでそんな顔してるの」

そんな泣きそうな、と言いかけた千歳さんを「なんでもないって！」と強い口調で遮る。千歳さんはちょっと驚いたように目を見開いてから、下を向いて困ったように笑う。それは大人がこどもに対してする類の表情で、卵のパックを持つわたしの手は小さく震える。

「今日、泊まる？」

千歳さんが尋ねてきて、迷った末に頷いた。

やっぱり元気ないね、と部屋に上がると同時に言われた。

「そんなことないよ」

その答えかたがすでに元気ないよ、と笑って千歳さんは畳に胡坐《あぐら》をかいて座る。ほらおいで、と言って膝をぽんぽん叩く。寄っていって、膝に頭をのせて寝転がった。顔を上に向けると、口元に笑いを残したままの千歳さんと目が合う。

「わたしのこと、幼稚だって思っているんでしょう」

言いながら涙が出そうになった。

「ときどきは」

そう答えた千歳さんの左手のひとさし指が、額から鼻の上をつうと撫でるようにして通り過ぎ、唇の上で止まる。数回、つつかれる。撫でたり、押したり、こじあけて歯のあいだに挿しいれられたりもする。黙ってしばらくされるがままになっていたが、あんまり執拗《しつよう》に触り続けるので、じっとしているのに飽きた。体を起こすと、千歳さんはやけに神妙な顔をしてわたしのシャツのボタンを外しはじめた。

みんなにやさしいなんてのは、結構ろくでもない。姉のことばが、思い出されたというよりはいま耳元で言われたほどのなまなましさでよみがえり、びくりとする。

「どうしたの?」

「なんでもない」

ああ、そう?　と呟いた千歳さんの手がスカートにかかったとき、どうして別れたんですか、という昼間の自分の声がまた耳元で聞こえた。聞こえない。聞いてない。菫さんの健太郎は、と言う声がまた聞こえた。みんなにやさしいなんてのは結構ろくでもない。どうして別れたんですか。健太郎の心は美しい庭。そういうこと。棘。また、ちくちく刺さる。痛いのは嫌い。

　大嫌い。

　耐えきれなくなり、モギャンみたいなことを叫んで、そのうえ千歳さんを突き飛ばし、玄関までゴキブリみたいに這《は》って逃げた。

「妙ちゃん、そんな格好で外に出ちゃ駄目だよ！」

　半泣きで鍵を開けようとするわたしに、同じく這うようにして追ってきた千歳さんが叫ぶ。ごめんなさい今日はできませんやっぱり帰りますごめんなさいとなぜか敬語で謝ると、千歳さんはい、いいんだよいいんだよそんなのどうってことないよ、とっとりあえず服を着ようかといつになく狼狽《ろうばい》している。顔もあからさまにひきつっていた。引いてる。絶対引いてる。わたしはシャツのボタンをとめながら、嗚呼《ああ》この人とも、もう駄目かもしれない、とどんより考えていた。

　駅までは、送ってもらわなかった。逃げるようにして駅まで早足で歩いていると、鞄の中で携帯電話が震動した。090ではじまる知らない番号が表示されていて、一瞬迷ったが通話ボタンを押す。

「妙子隊員か！」

耳がきんと鳴る。なんであなたがわたしの番号を知ってるんですか。ツカサ伯父さんはなぜか急に声をひそめてマサハルさんに教えてもらったよ電話番号、と教えてくれた。マサハルさんというのは、わたしの父の名だ。

「びっくりしましたよ、なんですか」

わたしは駅までの道を急ぎながら言った。妙子隊員、とやけに改まった声を、ツカサ伯父さんは出した。

「俺の会社に来る気はないか」

「どの会社？」

ツカサ伯父さんはわははは、とまた大声で笑う。

「どれでもいい」

「どれでもって言われても」

「俺の秘書でもやってもらうかな」

「母か父に頼まれたんですか」

法事の席で、どちらかがなにか言ったんじゃないかと思う。余計な気をまわしおってと腹立たしく思う。親に余計な気をまわさせるような自分を情けなくも思う。ツカサ伯父さんはそんなんじゃねえよ、と面倒くさそうに否定した。

「考えとけよ」

唐突に電話は切れた。考えとけよって、考えとけよって、いきなりなんなんだよ、いきなり電話してきて、こっちはね、それどころじゃないんだよあんた。それどころじゃ、ってでも、あれ、ちょっと待って。立ち止まって、途方に暮れる。いま、なにをどうしたいのか。なにを迷っているのか。それさえわからなくなってきている。それがわからない限り、どこにも行けないということだけが、わかる。

電車の乗客はまばらで、会社帰り風の男女数名が俯きがちにシートに座っていた。端に腰掛けて、ノートを取りだす。

問題点、と書きつけてみる。すこし悩んでから次の行に、仕事について、と書く。ツカサ伯父さんの会社？　と書く。急な話だけど。悪くない。ツカサ伯父さんはずっと一緒にいたら疲れそうだけど。しかし義理とはいえ、ツカサ伯父さんの会社の社員からすれば社長の姪。そう扱いは悪くないはず、といやらしい計算もはたらく。給料について確認すべし、とも書き添える。

千歳さんについて、と書いた。いまさっき玄関で気をつけてね、と手を振っていた姿を、思い出す。また棘がわたしを苛《さいな》む。いやいやわたしがいなくなっても、千歳さんは困らないでしょ、と振り払う。菫さんだってそうだ。
菫さんだって、わたしがいなくても別に良いのだ、きっと。だってそんなにあの店で重要な仕事をしているわけでもないし。仮に明日「辞めます」と言っても眉をすこし上げてあらそう、などと頷くに違いない。そこまで思ってから、あ、わかった、と声に出しそうになった。急いでペンを走らせる。

必要とされていないのがつらい。

いてもいなくてもどうでも良いような存在である自分、というのがつらい。前の会社でもそうだったし、慎一のことだってそうだ。慎一を失うことそのものより「僕の人生に必要のない存在」と自分が認識されたということがつらかった。
そうだったのか、とノートを閉じる。問題点がクリアになると、尚更つらさが増す。全然、揺るぎなくない。いまのわたしは、揺らぎっぱなしだ。

九

　この人、あんまり好きじゃないな、と思った。夕方に、その男の人が店に入ってきた瞬間に。男の人は二十代後半ぐらい、大型量販店で売っているようなありふれた紺のスーツを着て、ありふれた人工皮革の鞄を持って、透明のビニール傘を持っていた。すでに梅雨明けして、今日の天気予報は降水確率十パーセントだったのに。その十パーセントが心配なんだろうか、おかしな人、と思った。優柔不断そうな人、とまで勝手に思った。

　最近のわたしはものすごく苛々している。電話をもらってから一か月以上たつがツカサ伯父さんにも返事をしていないし、千歳さんともあれっきりだし、晴れの日に傘を握りしめているような客は来るし。

「箱、欲しいんですけど」

　男の人はおずおずと言い、わたしが棚のほうを指し示すとまたおずおずと「これ棺桶、なんですってね」と言う。

「サイズが合わなければ、お作りしますよ」

菫さんを真似て言ってみた。

「サイズ」

男の人は呟いて、すこし困った顔をした。

「入れたいのはかたちのないものなので、うーん、サイズかー」

ちょっとわたしの手におえないので、菫さんを呼ぶことにした。居間から出てきた菫さんは男の人を見ると例の素っ気ない口調で「いらっしゃいませ」と言う。

「かたちのないものを入れるんだそうです」

菫さんはまじめな顔で「ここに持ってきていらっしゃるの」などと仰る。わたしは男の人が鞄から正直者の目にしか見えないお洋服でも取りだすんじゃないのかと期待したが、同じくまじめな顔で「ここにはありません、遊園地にあります」などと仰る。

男の人が口にした遊園地の名は、遊園地と聞いてこのあたりの人誰もが思い浮かべる有名なほうではなくて、隣の市にあるヘボなほうの遊園地だった。ジェットコースターが古すぎてギシギシ音がして逆に怖い、という感じの。

じゃあさっさとそこ行って、かたちのないものとやらを入れてきたらいいじゃない、と思っていると菫さんがいきなり「じゃあわたくしとこの子も同行しますから」などと言いだした。そして菫さんから脇腹を指で突かれた。「ほら、準備して」とまた突いてくる。なんでわたしまで！

箱は菫さんが選んだ。蓋に白鳥が描かれた優美なものだった。

遊園地までは電車で五駅ほどの距離がある。電車賃と遊園地の入場料をふたり分払ったら棺桶代をもらっても赤字が出てしまうと危惧《きぐ》していたら、男の人は切符をわたしたちの分も買った。菫さんが慌てて財布を出そうとしているのを見て、男の人は無言のまま手で制した。わたしはこっそりと安堵する。菫さんはときどき利益度外視みたいな商売をするので、見ていてはらはらするのだった。

電車は空いていて、長い座席に並んで座れた。菫さんを真ん中にして、男の人は拳ふたつ分ほど菫さんから離れて座った。

男の人は、僕はタナカミツルといいます、と名乗った。別に名前は言わなくてもいいのに。喋ることがなくて、手持ち無沙汰だったのかもしれない。

「果実のジツに、鳥のツルで実鶴です」

おじいさんみたいな名前だなとこっそり思っていたら、菫さんが「実鶴さんって、とてもレトロな名前ですね」と言い「ちなみにこの子も田中っていうんですよ」と勝手にわたしの名字を披露した。

「へえ、奇遇ですね」

田中実鶴は笑顔をつくった。わたしはなるべく冷淡に聞こえないように苦心しながら「よくある名字ですからね」と答えた。


あと一時間で閉園です、と言う受付のおばさんとおねえさんの中間ぐらいの女の人に、田中実鶴は「観覧車乗るだけですから」と告げている。入場料は当然、三人分払ってもらった。

ずんずんと、田中実鶴は脇目もふらずに観覧車を目指して歩いていく。わたしと菫さんは黙って後ろをついていく。

「観覧車には、ひとりで乗ります」

観覧車の前で振り返った田中実鶴はやけにきっぱりとした口調で言い、乗車券を売る機械に小銭を落とし始めた。まさかこの期《ご》に及んで乗車料を節約したのではあるまいな。別に観覧車に乗りたかったわけではないが、忌々《いまいま》しい気持ちになる。

蓋を開けた箱を持った田中実鶴が観覧車に乗りこむ。

「座りましょう」

菫さんが背後のベンチを指差した。

「こんな風に出張することもあるんですね」

こどもじゃあるまいし、ここまでついてくる必要はなかったのでは。という皮肉をこめたつもりだった。菫さんは「あの人、なんとなく頼りない感じがしたから」などと答える。

「お客さんにはやさしいんですね」

蓮太郎くんやわたしには素っ気ないくせに、と思ったがそれは口には出さなかった。

「他人のほうが」

菫さんは田中実鶴の乗った観覧車を目で追っている。

「他人のほうが、気楽なこともあるから。ぶつけたり、吐きだしたり、預けたりする相手は」

近しい相手や大切な相手だからこそかえって自分の重荷を預けられないということはあるでしょう、というようなことを菫さんは言う。それはわかる気もするが。

「でもそれを『菫さんが』やらなきゃいけない理由っていうのが、わたしにはわからないです」

菫さんはわたしのほうに顔を向けない。

「強いていうなら、罪滅ぼし、かもしれない」

え、と口を開いたものの「罪」という言葉の重さにそれ以上なにも言えなくなる。罪滅ぼし。菫さんの罪。それは一体、なんなのだろう。寝室にあったあの棺桶に、関係があるのだろうか。

しばらく、ゆっくりとまわる観覧車を見あげていた。ベンチの後ろには回転木馬があり、調子っぱずれの音楽が流れていて、もの悲しい気分になる。

「乗りたいの？　我慢しなさいね。遊びにきたわけじゃないから」

首をひねって回転木馬を見たわたしに、菫さんがぴしりと言う。

「乗りたくないですよ。回転木馬って、乗るより見ているほうが楽しいですから」

銀色の角を生やした一角獣や、緋色の鞍《くら》をのせた白馬がまわるきらびやかな世界は離れて見ているからきらびやかなのであって、実際乗ってみると案外つまらない。近くで見ると塗装がはげていたりする。

「それに、ぐるぐるまわるだけでどこにも辿りつけないから、つまらないです」

「そう？　でも田中さんの好きな回転寿司だって、ぐるぐるまわるだけでどこにも辿りつけないじゃない」

　菫さんは暑いらしく、ハンカチで顔を扇ぎながらどうでもよさそうに答える。

「それとこれとは別ですよ」

「なにがどう別なの」

　なにがどう、と言われたって困る。

「ねえ、回転寿司で思い出したんだけど田中さん。レース編みが得意な知り合いいない？」

　菫さんは自分のイメージするようなレースは既製のものにはなくて困っているのだ、と言った。

「回転寿司で連想するような内容じゃないし、だったら菫さんが編めばいいんじゃないですか」

　わたしの話を聞きながら、全然違うことを考えていたのですね。

「ああ、駄目なの。わたし、レース編みだけは苦手で」

　もっといろんな技法を組み合わせたものを作りたいんだけど、でもひとりではさすがに限界があるから。菫さんがこんなふうに熱をこめて語るのは、珍しいことではある。

「そうですか」

わたしが答えるのとほぼ同時に、田中実鶴が観覧車から降りてきた。棺桶の蓋は閉められている。

「じゃあ、庭に埋めに戻りましょうね」

菫さんは簡潔に言って、ベンチから立ちあがった。


帰りの電車に乗りこむや否や、田中実鶴は「あの観覧車」と語りだした。つり革を摑んだ右手に、ビニール傘を持った左手をかけて。

「あの観覧車の中で、僕は妻に結婚を申しこんだんです。妻は去年、交通事故で死にました」

帰りの電車の中は、方向が違うせいか行きよりはだいぶ混んでいて、わたしたちは三人ともつり革に摑まって喋らなければならなかった。またも菫さんを真ん中にし、ふたりは悠然とつり革を摑んでいるが、わたしは低身長のせいで若干無理をした状態だ。

「僕は妻のことがとても好きでした。それなのに、会社の女の子ともつきあっていました。ずっと。でも妻が妊娠したので、その女の子とは別れることにしました。

女の子はたくさん泣きました。そして、じゃあ最後に観覧車に乗ってくれって言われました。好きな人と乗るのが夢だったそうです。だから一緒に行きました。いつも夜こそこそ会ってホテルに行くだけの関係だったから、かわいそうなことしたなって思ったんです。最後は彼女の言うことを聞いてあげようと思ったんです。

唯《ゆい》は、ああこれ妻の名前なんですけど、唯は、遊園地の入場券を財布から見つけて、それはもう怒りました。問い詰められて、怖かったので全部喋ってしまいました。でももう、別れてきた、最後に観覧車に乗ったって言ったら口をきいてくれなくなった。次の日もその次の日も同じで、その次の日に車に轢かれて死んだんです。

唯は僕の浮気そのものより、観覧車に乗ったことを怒っていたのだと思います。自分の一番大事な思い出を、他の人の思い出で上書きされたみたいで、いやだったんじゃないかと」

田中実鶴はそれだけ言って、黙った。

殴りたい。ちょっと切ない思い出みたいに語る田中実鶴の横顔を思うさま殴りつけたい。一体なんだそれは。最低ではないか。

駅について、電車を降りてからも、改札を過ぎて歩きだしてからもわたしの怒りはくすぶり続けていた。田中実鶴の話す内容もさることながら、ことばのひとつひとつ、物腰、すべてがいちいち不快だ。なよなよしているくせに。雨の降らぬ日に傘を持ち歩くほど心配症のくせに。

店に戻ると、菫さんが庭の隅の道具入れからスコップを出して渡してくる。

「いやです。やりたくない」

スコップの受け取りを拒んだ。菫さんの眉がぴくりと動く。田中実鶴はきょとんとしている。

「だって酷いじゃないですか。奥さんにそんな酷いことをしたくせに、その記憶を埋葬してすっきり、なんて勝手だとおも」

「やめなさい」

全て言い終わらぬうちに遮られた。

「やりたくないなら、結構。黙って、店に戻って」

田中実鶴はおどおどして、わたしと菫さんを交互に見ていた。菫さんの強い視線に身体《からだ》が竦《すく》む。どうしてこの人はいつも、わたしをこんな気持ちにさせるんだろう。

「菫さんだって勝手ですよ」

「は?」

だってそうじゃないですか、とわたしは叫んだ。

「誰の助けもいりません、ひとりで平気です、みたいな顔して。菫さんの傍にいる人は、一体どうすればいいんですか」

菫さんは唇を結んで、黙っていた。

ひとりで平気なら、どうしてわたしを雇ったんですか。どうして千歳さんと結婚して、蓮太郎くんを産んだんですか。

「なんかそういうの酷いです。そこにいるだけでわたしをさびしくさせる菫さんはひどいです」

「言ってることがめちゃくちゃで全然意味がわからない」

菫さんは溜息をついた。

「今日はもう帰りなさい」

「わかりました。じゃあ帰ります」

帰るとも。帰ってやる。頭を下げて、庭を出た。

最悪だ。歩きながら、最悪だ、と三十回ぐらい声に出して言った。言うたび暗い気分になった。菫さんの言うとおり、わたしの言っていることはめちゃくちゃ、というより完全に言いがかりだった。あんなことを言う権利はない。でも言わずにはいられなかった。

駅に向かってずんずん歩いていると「妙ちゃん？」と呼びかけられた。顔を向けると、目の前にバービー人形のような人が立っていた。

「桃子さん」

大きな紙袋を提げている。病院の帰りだろうか。

「どうしたの？　怖い顔してたけど」

「なんでもないです」

「そう？　ねえ、妙ちゃんってチトセちゃんの彼女なんだってね」

桃子さんはともだちみたいに妙ちゃん妙ちゃんと呼ぶ。ふしぎと馴れ馴れしいとは感じない。

「千歳さんが言ったんですか」

「うん」

わたしはあれ以来、千歳さんを避けていた。店にも行ってないし、電話もしていない。しばらくチトセボタンにはおつかいに行きたくないのですが、と言ったら、菫さんはただ眉を上げて「わかった」と頷いただけだった。

千歳さんからは一度「夕方から雨だって」という天気予報みたいな短いメールが

届いたきりで、その返信もしていなかった。このまま千歳さんとわたしの縁は、きわめて自然に切れてしまうような気がする。

わたしの表情から、桃子さんはなにごとかを察したらしかった。

「ねえ、お酒、飲もうよ」

返事をせぬうちに桃子さんはぐいぐいとわたしの手を引っぱっていく。野良猫しか通らないんじゃないかと思うほど狭い路地に入っていき、ビルの地下に降りていった。

カウンターだけしかない、全体的に照明の薄暗い店だった。入っていくと女の人がわざわざカウンターの内側から出てきて「桃ちゃんいらっしゃい」と迎える。色の白い、声の低い女の人だった。

「わたしはビール。この人には、なんでもいいからピンク色のお酒を作ってあげて」

桃子さんは謎の注文をする。なんですかピンク色のお酒って、と尋ねると妙ちゃんそういうの似合いそうだから、と謎が謎を呼ぶ答えが返ってきた。

「レイカさん、この人、妙ちゃん。チトセちゃんの彼女」

「そう。かわいい人ね」

レイカさんと呼ばれた女の人はわたしに笑顔を向ける。桃子さんはこの店には、以前は兄と千歳さんとよく来ていた、というようなことを説明した。わたしは差しだされたピンク色のお酒を飲みながら頷いた。酸っぱかった。

千歳さんは、こういうお店でお酒を飲んだりするんだな。ふたりでそういうこと、したことなかったな。部屋でお酒飲んだことも、そういえばなかったな。などと考える。過去形で。

「チトセちゃんは、あんまりお酒、強くないから」

ただの大家と店子《たなこ》にしては仲が良過ぎる気がする。もしかして。疑念が伝わったのか、桃子さんは一瞬わたしを見てけらけらと笑いだす。

「言っとくけど、わたしあの人全然好みじゃないよ」

レイカさんのほうをちらりと見ると、グラスを拭きながら口元に笑みを浮かべている。あやしい。千歳さんの知り合いの女の人を見ると、肉体関係が一度ぐらいはあったのではないかと疑わずにいられない。密偵のように嗅ぎ回りたい衝動を抑えられない。

「さっき怖い顔して歩いてたけど、喧嘩でもしたの」

「いや、菫さんと、ちょっと」

言いかけたが、いけすかない田中実鶴であるとはいえお客さんのことをべらべら喋ってはいけないと思い、堪えた。

「ふうん」

桃子さんは、それ以上はなにも尋ねずに平たい皿に盛られた木の実を齧っていた。

「ああいう男の人と付き合うのは、大変でしょ」

唐突にわたしに向かってレイカさんが言う。桃子さんはビールをごくごくと飲んでいる。

「ああいう?」

摑みどころがないんだもの、あの人。レイカさんはしずかに笑う。そうなの、でもなんかかわいいところもあってさ、憎めない感じするよねー、と桃子さんが言うので、やっぱりそういうところが、もてる理由なんでしょうか、と尋ねるとふたりは顔を見合わせる。

「そんなにもてるかな?」

「さあ、どうかな」

まあ部屋に女の人が来てることはあったけどねー、まあやさしいからね。いいように利用されてるだけじゃないのかなー。たとえばお金貸したりとかさー。百歩譲ってもてるとしてもさー、あんまり羨ましいもてかたじゃないよねー。妙ちゃんあんまり心配しなくてもいいんじゃない？　ていうか年寄り受けがいいだけって気がするけどなー、みたいなことをふたりは言い合って笑った。わたしはもしかして、いままで重大な勘違いをしていたのだろうか。

思わずカウンターに突っ伏してしまう。勘違い、だったのだろうか。

大丈夫よ、というレイカさんの慈悲深い声が頭上に降ってくる。

「わたしに言わせれば色恋沙汰の大半は勘違いよ。勘違いからはじまって、勘違いで盛りあがって、勘違いですれ違って、別れちゃったりね」

ふたりは、だってそもそも恋愛感情って脳の勘違いだっていうもんねー、あっはっはー、と楽しそうに笑っていた。

そして突っ伏したわたしを置いてけぼりにしたまま、巷間《こうかん》で話題になっているらしい女優とアイドルと歌舞伎俳優の三角関係について議論しはじめた。ふたりの声は明るい音楽みたいで、それに耳を傾けているのは楽しかった。わたしと菫さんはこんなふうにとりとめのないお喋りをしないから、うらやましい気もした。

うらやましいだって。どうやらわたしは菫さんと、とりとめのないお喋りをできるような仲になりたかったらしい。知らなかった。

ようやく姿勢を立て直して鞄を覗いたら、携帯電話のランプが点滅していたので取りだした。留守番電話にメッセージが入っている模様。再生してみると「えー妙子隊員！　例の件、返答求む！　至急連絡乞う！　繰り返す！　至急、連絡、乞う！」というツカサ伯父さんの声が録音されていて、反射的に携帯電話を鞄に放りこんでしまった。ツカサ伯父さんってなんでいつもこんなに元気なんだろう、毎日なにを食べているんだろう。朝からステーキとかかな、しかもレア、などと考えているとレイカさんが「ところで最近お母さん、どう。桃ちゃん」と首を傾げた。

「うーん」

桃子さんは芳しい返事をしない。それからわたしのほうに向き直る。

「あのうさぎ、大事に飾ってるよ」

「そうですか」

答えると、桃子さんは笑った。にっこり、ではなく、ぴっかり、という感じ。

「あのとき、どうして買わなかったんですか、棺桶」

「うーん」

桃子さんは上を向いて考えている。口は絶えず動き、木の実を齧り続けていた。

「なんかあのとき、喋ってる途中で『あれ、これってもしかしてすげえありふれた苦悩なんじゃねえの』って思ったわけ」

唐突に乱暴な口調が混じったので、ぎょっとしてわずかに桃子さんから顔を離した。

「はあ」

わたし自身は桃子さんとちがって落ちこんでいる最中に「つらいのはあなただけじゃない」と言われたとしても「みんなもつらいからって、わたしのつらさが軽くなるわけじゃない」と意に介さずに落ちこみ続けるようなところがあって、だからどうやら桃子さんに搭載されているらしい「感情の自動補正機能」みたいなものに、とてもびっくりした。

びっくりして、それからちょっと切なくなった。自動補正しないで泣いちゃえばいいのに、と思ったらなぜかわたしのほうが泣けてきた。

「まあ単純に、喋ったらすっきりした、ってだけのことかも」

「そうですか」

「親は大切にすべし、というのは世間の常識じゃない。だからあんな最低なこと誰にも言えなかったわけ」

たったひとりのお母さんなんだから。あなたを産んで、育ててくれた人なんだから。親は大切に。みんな言う。みんな、みんな、みんな同じことを言う。わかってることをみんなから言われるのはしんどい。正論はしんどい。だから、言えない。

桃子さんはそのように語って、小さく笑った。

「最低なことだろうがなんだろうが、どんどん言ってください」

わたしは酸っぱいピンク色のお酒のグラスを両手で握りしめた。そしてもっと気のきいたことを言えないのかと自分に苛立った。

「桃子さんが、とんでもなく凶悪なことを言いだしても絶対に他言しません。だから言ってください。わたしは聞きますよ何時間でも、だから言ってくださいよ、お願いだから自動補正をしないでください」

「なんなの、妙ちゃん。もう酔ったの」

桃子さんは笑って、わたしの頭を撫でた。頭を撫でられるべき人が、わたしなんかの頭を撫でてくれている。

「ほんとうに、かわいい人」

カウンターの向こうからレイカさんの声がする。

「かわいいよね」

桃子さんが頷く。

「かわいくありません。松竹梅で言ったら蓼《たで》ですよ、わたしなんか」

いじけたわたしが言うと、レイカさんと桃子さんは声を揃えて「松竹梅で言えてない」と答え、同時に笑いだした。

翌朝出勤すると、菫さんは新しくできあがった商品を棚に並べているところだった。「おはようございます」と言うと尋常な様子で「おはよう」と返された。

わたしはしばらく黙って、菫さんの手元を見ていた。ボタンやリボンをコラージュしたブローチのようだった。はじめて見る。

「桃子さんが、うさぎを大事に飾っていると言ってました」

「そう。それはよかった」

「それ、新作ですね。かわいいですね」

「そう。それはよかった」

「昨日はすみませんでした」

やっとのことで言うと、菫さんは頷いた。

「昨日のあの人はね。奥さんに許してもらう機会を、永遠に失くしてしまったのよ」

「はい」

「それはきっと、とってもつらいことよ」

「はい」

わたしは下を向いて、頷いた。

「罪を犯したのだからずっとそれを背負って生きていけ、なんて他人が言うのは傲《ごう》慢《まん》だと思う」

「そうですね」

あの人の奥さんが実際どんな気持ちで死んだかなんて、わたしたちにはわからない。あなたが怒るのは、あの人の奥さんのことを思っているわけではない。自分を投影して怒っているだけだ。そんなものはやさしさでもなんでもない。それこそ身勝手だ。菫さんはそういう趣旨のことを言った。わたしから一方的な因縁をつけられたことについては、菫さんは触れなかった。

「ごめんなさい」

頭を下げた。悪かった、と思ういっぽうで、菫さんが「わたしたち」と言ったことは、わたしを激しくニヤニヤさせた。

「ニヤニヤしない」

菫さんは眉を上げたが、先程よりも声は幾分柔らかかった。

わたしたちにできることは、と菫さんがまた言うので、わたしは表情がゆるまないように奥歯を嚙《か》みしめなくてはならなかった。

「わたしたちにできることは、引き受けること、だけでしょう」

そういう菫さんは、良いのだろうか。寝室に置かれた、あの黒い棺桶。

「菫さんは、良いんですか？」

え、と菫さんが片眉を上げる。

「背負ったままで良いんですか？」

菫さんは、せっかく並べたブローチを持ちあげて、電灯に透かして、また置いた。

菫さん、と呼ぶと黙って出ていってしまった。居間に続く扉ではなく、ガラス戸を開けて、外へ。

十

夏休みを目前にして、蓮太郎くんが彼女にふられた。本人がそう言っている。目の前で。このあいだここに来たとき「夏になったら一緒にいっぱい海に行くんだ」とはりきっていたのに。

「ほんとに好きだったんだよう」

店のテーブルに突っ伏して嗚咽《おえつ》している。

今日、菫さんはいない。市の健康診断を受けに行っている。閉店時間になったら鍵を閉めて帰ってくれて良い、と言われていた。閉店一時間前に、突然蓮太郎くんが「聞いてくれよう」と泣きながら乱入してきたのだ。

突然「蓮くんには、もっと良い子がいると思う」と別れを告げられたのだそうだ。「きらいになったわけじゃないの」とも言ったそうだ。ああそれね、わたしも慎一に言われましたよ。別れに際して、そういうきれいな嘘をつくタイプだったのですね、彼女は。

「彼女のお父さんに（あのボロボロの）車を借りるぐらい、仲良しだったのにね」

と呟くと、蓮太郎くんは涙と鼻水まみれの顔をがばっと上げる。

「顔、汚ッ」

うっかり口走ってしまい、取り繕うようにティッシュを数枚引き抜いて渡す。どうやらわたしの暴言は蓮太郎くんの耳には届かなかったらしい。汚い顔のまま泣き続けている。

「すこやかな子だった」

以前も彼女にたいして「すこやか」と形容していた。テーブルから離れ、菫さんのためにボタンと刺繍糸の整理をはじめる。色別に分けてケースにいれたら、使いやすいだろうから。

「ほんとうにすこやかな子だった」

また言っている。新たな涙をはらはらと流す。ティッシュの箱ごと渡すと、大きな音を立てて洟《はな》をかんだ。

ボロボロの車に乗る父を「ださい」とバカにしながらも「でも毎日働いてあたしたちを食べさせてくれて」と感謝をし、好きなたべものは「お母さんの作るポテトサラダ」であるような、そういう彼女のことがほんとうに好きだったのだと切々と語り続ける。夢とか未来とか希望とか、そういう不確実な要素を含むことばを、前向きなことばだと捉えることができる、その明るさが好きだったのだと言ってまた洟をかむ。

そしてわたしが一向に慰めのことばをかけないのが不満らしく、唇を歪ませる。

「その完全な他人事のスタンスをやめてくれよコロ子。不快なんだよ」

なんだかいたたまれない。泣き続ける蓮太郎くんを見ていると、どうしても菫さんとはじめて会った日の自分を思い出してしまう。ただ蓮太郎くんはひたすら「彼女を失ってつらい」という理由で泣いているが、あの日のわたしは違った。全然違った。

「ぼーっとしてるんじゃねえ。元気付けようとか思うだろうが、普通は」

嗚咽まじりで怒られる。わたしだってなにか言ってあげたい、と思っているけれども一体なにを言えばよいのやらわからないのだ。

「元気出してね。きっと涙の数だけ強くなれるよ。泣き顔より笑顔のほうが素敵だよ。明日はきっと輝くよ」

蓮太郎くんは「全然心がこもってないッ」と叫んで、ふたたびテーブルに突っ伏す。てづくり市のとき売っていたあのポストカードにそんな感じのことが書いてあったのに。すこやかな感性だとほめていたくせに。

「じゃあ、さ。ほら。なにか食べよう」

人を慰めるのは苦手だ。得意分野に持っていくしかない。

「つらいことがあったら甘いもの食べるでしょ。ホットケーキ作るよ。好きなんでしょ?」

台所に誘うと、蓮太郎くんは鼻をぐすぐすと鳴らしながらついてきた。

「好きじゃないから。あの人がそれしか作れないから仕方なく食べてただけだし」

「え、まあそう言わずに」

ほら材料も揃ってるから、と冷蔵庫から卵を取りだして見せようとして、手元が狂って床に落としてしまった。割れた殻から白身が流れだす。あーしまった、としゃがみこんでキッチンペーパーで拭いていると、頭上で「ううっ」という声が聞こえた。ぎょっとして顔を上げると、蓮太郎くんが顔を真っ赤にして新たな涙をぼろぼろと零していた。

「かわいそうだ」

「え」

「せっかく生まれてきたのに床に落とされて無駄に死ぬなんて」

「いや、無精卵だからこれ」

失恋のショックで完全におかしくなってしまったのではないだろうか。蓮太郎くんがあまりに泣くので、わたしは途方に暮れた。

「じゃあ、さ。ね。埋めよう、これ。木の下にでも」

殻と、その中に残っていた黄身を小皿にのせて、ふたりで庭に出た。

空気がじっとりと湿っている。汗ではりついた前髪を指ではらう。菫さんは傘を持って出ただろうか。

「大丈夫、あの人いつも折り畳み傘持ってるからさ」

蓮太郎くんはスコップを扱いながら言う。

「幼稚園の頃かなあ。あの人が買い物に行って、俺が留守番してたとき、急に雨が降りだしたことがあって。傘を持って迎えに行ったんだ」

数十メートルの距離でも、ひとりで歩くとものすごく心細かった。水たまりにはまり、車の水はねを受け、ようやくスーパーマーケットが見えたとき、道の向こうから折り畳み傘をさした菫さんが歩いてきてひどくがっかりしたそうだ。

「ふーん、かわいい話じゃないですか」

ふしぎだ、と思う。あの父とあの母のもとに生まれたこの人にそんな普通のこども時代があったことがふしぎだ。そう言うと、蓮太郎くんは心外だという顔をする。

「なんで？　俺、普通の人生を歩んできた普通の若者なんだけど」

「じゃあ反抗期とかもあったの」

バイクを盗んだり、夜の校舎のガラス窓を壊してまわったりしたの、と尋ねると首を振って「それは非行だよ。コロ子は反抗期というものを著しく勘違いしている」と否定する。その言いかたが千歳さんとそっくりだったので、そうっと視線を外した。

「あったよ反抗期。産んでくれなんて頼んだ覚えはない、とか言ったりもした」

「うわあ、引く」

「引くよな」

弟もそれと全く同じ台詞を吐いていた。中学生の頃。たしか夕食を終えたタイミングで、母はそのとき、みんなにお茶を淹れようとしているところだった。母は殆ど表情を変えずに「あらあら」とだけ言って、急須にポットの湯を注いだ。いつも渋いお茶を淹れる母が白湯《さゆ》みたいな色のお茶を出してきたために、母のはげしい動揺は家族全員に知れ渡った。

「菫さん、ショック受けてた?」

「いや。なんか、つまらなそうにしてた」

「え、つまらなそうってどういうこと」

「反抗のしかたが紋切り型だって。がっかりしてた」

情けなくなってしまい、それを契機として俺の反抗期は終焉《しゅうえん》を迎えたのであると語る蓮太郎くんの額に、土がついている。喋っているうちにいつのまにか泣きやんでいたので、こっそりと安堵の溜息をもらす。

「肥料になるかなあ」

蓮太郎くんはヤマボウシの木を見あげた。

「なるよ。カルシウムだもん」

しゃがんだままスコップで土を叩きながら適当なことを答える。

「ねえ、蓮太郎くん」

「なんだよ」

「自分の心は、この庭と同じだって言うんだよ。菫さんが」

庭の、また草の背丈がいっそう高くなったあたりを眺める。しゃがんだ自分の膝に頬杖をついている蓮太郎くんは怪訝な顔で庭を見まわして、へえ、と首を傾げた。

「それに自分は、ここに棺桶を埋めちゃいけないんだって」

「へえ」

「わたし、嫌だ。菫さんがそんな気持ちでいて、それをわたしは知ってて、知ってるのになにもできなくて、ただ傍で見てるだけなんて。菫さんはそりゃ、わたしと比べものにならないぐらい強いのかもしれないけど」

「あのさ」

「だいたい、背負っていくべきって。なにその『べき』って。誰が決めたんだろう。菫さん？　菫さん自身なの？」

「だから、あのさ」

「そういうの違うと思う。でもどう違うのって訊かれたら困るから、菫さんにどう言えばいいかわからない。……このあいだもうまく言えなかった。なんか頭がウワーッてなって、『菫さんは勝手です』って一方的に責めただけだったし。そんなことが言いたかったんじゃないのに。やっぱりわたしが菫さんに意見すること自体が間違ってるのかな。あなたになにがわかるのって言われたらそれでおしまいだし。でもやっぱり」

やっぱりわたしは、と言い終える前に後頭部をはたかれた。

「え、なんで叩くの」

「温度差がありすぎて腹が立った。さっき俺の話は全然聞いてなかったくせに。他人事のスタンスだったくせに」

聞いてたよ、と言い訳するわたしに構わず、蓮太郎くんは立ちあがった。

「そのまま言えばいいと思うよ」

「え？」

「そのまま言えばいい、あの人に。大丈夫」

って、なんで俺があんたを励まさなきゃいけないの、と蓮太郎くんは盛大に嘆息する。ごめんね、と言っても蓮太郎くんは「やっぱりホットケーキはいらない、もう帰っていいよ。ていうか帰ってください。帰れ」などと勝手なことばかり言うので、帰ることにした。蓮太郎くんが「じゃあね」と言った後に小さな声で「ありがとう」と続けたような気がしたけど、無表情だったので空耳かもしれない。

電車に乗って、扉の前に立つ。外を眺めていると、目の前のガラスに水滴がひとつ、斜めに走った。目を凝らすうちにどんどん激しさを増して、窓に新しい模様を描く。電車を降りて、駅の出口に立って思わず、うわ、と呟く。雨の鉄格子がわたしと夜を遮っている。走って帰ろうか。どうせ濡れるんだから歩いて帰ってもいいか。そうしよう、と思いつつも決心がつかずにぐずぐずしていた。菫さんは傘を持って出ただろうか、なんて心配している場合じゃなかった。自分が傘を持っていないのに。立ち往生しているうちに雨は小降りになった。急ぎ足で、家まで帰る。

家に帰りついてまずお風呂場でタオルを取り、頭を拭きながら居間に入っていくと、父はソファーに行儀よく膝を揃えて座っていた。テレビを観ていたらしい。

「おかえり」

「ただいま。お母さんは」

「カラオケだそうです」

「また？」

好きだねえ、と呆れながら隣に腰を下ろすと、父はリモコンを手にとって音量を絞りながら、雨に濡れたのか、と尋ねてきた。

「うん」

父はしばらく口を開けたり閉じたりしてなにか迷っていた。やがて、決心したようにさっきね、と口にする。

「さっきね、玲が来ましたよ。ずいぶん心配していた。七回忌のとき、妙が元気がなかったって」

あいつはどんくさいから、と弟は言ったそうだ。

「あんなできちゃった結婚野郎に心配されたくないよ」

どんくさい、に腹が立って暴言を吐く。

弟は自分が恋人を妊娠させたと知ったその日に、役場に婚姻届を取りに行ったらしい。誰にも相談することなく。高校生のときには、「大学ぐらいは行ったほうが」という両親のことばに一切耳を貸さずに「俺はやく自立したいんだよ」などと言い放ってさっさと釣具店への就職を決めてきてしまった。小学生の頃には、ツカサ伯父さんに連れていかれた海釣りで、その楽しさに目覚めて以来、周囲がサッカーやゲームに夢中になっていても我関せずという顔でひたすら竿《さお》を振る練習ばかりしていた、そういうこどもだった。

いつも迷いがない。周りの言うことに動じない。そういう点では、菫さんに似ている。揺るぎない、感じがする。

そんな玲からすれば、わたしはみっともなくふらふらして見えるのだろう。父は下がりきった眉のあたりを指で掻きながら、玲も蘭も、なんだかんだでいつも妙のことを心配してるんだ、と言った。

「心配するって気分良いもんね」

自分の椅子が確保できていて、そこにどっしり座って、まだウロウロしている人を見ながら「あの人大丈夫かねえ」と眉をひそめてみせる。さぞ気分が良かろう。優越感をくすぐられよう。

「そんな風に勘繰るのは、妙の良くないところですよ」

父はまたリモコンを手に取って、今度は電源を落とした。

「人の言動を深読みして、利口になったつもりかな。でもその利口さが、一体なんの役に立つ。お前、自分で自分の心を暗くしてるだけじゃないか」

父の口調はやわらかい。やわらかいが内容は容赦《ようしゃ》ない。

「玲だってお前、そりゃあ悩むよ。迷うよ。男はみーんな小心者ですよ。でも見栄っ張りでもある。嫁さんやこどもにそんな姿は見せたくない。親や女きょうだいになんて、もっと見せられないね」

「そうなの？」

そうですよ、と父は頷いてテーブルの上の湯呑みに手を伸ばしたが空のようだった。

「たとえばそれはツカサ伯父さんみたいな人でも、そうなの？　ああいう強そうな人でも」

父は、それはどうだろう、と腕組みする。お茶を淹れてあげようと立ちあがると、背中を父の声が追いかけてくる。

「でも妙、強いっていうのは悩んだり迷ったりしないことじゃないよ。それはただの鈍感な人ですよ」

「強い」は「弱い」の対極じゃないよ。自分の弱さから目を逸らさないのが強いってことだよという父の話を理解しようとつとめたがわからず、頭がぼんやりしてきた。

「ごめん、わからない」

「そうか、わからんか」

父ががっくりとうなだれた。なんたる愚かな娘、と落胆しているご様子。初老の人間が落胆する様子を見るのはもの悲しいものだ。わたしはだんだん自分が情けなくなってきた。

「もういいよ。そうだよ、わたしなんて愚かで駄目な人間なんだ」

「すぐそうやって拗《す》ねる」

「わたしの名前だけ地味だしさ」

言ってから、最近わけのわからないことばっかり言ってるな、とおかしくなった。

「だいたい妙、ってへんだって意味でしょ。奇妙とかさ」

小学生の頃「自分の名前の漢字の意味を調べよう」って宿題が出て、それで辞書ひいたらそんな意味で、ショックだったんだから、というわたしの苦情に父は首をひねる。

「ちゃんと全部読んだのか?」

父が立ちあがる。たしかこのへんに電子辞書が、と言いながらサイドボードの引き出しを探っている。やがてソファーに戻ってきた父は、えーっとたえたえたえ、とぶつぶつ呟きながら老眼鏡をかけ、小さな電子辞書を操作しはじめた。それから画面をわたしのほうに向ける。ゆっくりと、文字を目で追う。

ア.　このうえなく美しい。すぐれて良い。
イ.　このうえなく奥深い。(例・妙遠)
ウ.　普通でない。変わっている。

「妙の名前をつけたのはお父さんだからね」

画面を閉じながら、父は恥ずかしそうに笑った。

「生まれたばかりの赤ちゃんはしわしわの猿みたいでかわいくないものだと思っていたけど、妙はきれいな赤ちゃんだった」

午前中に陣痛がはじまったらしくて、お母さんから会社に電話がかかってきてね、急いで病院に向かったけど着いたらもう産まれていたんだよね、とまるでつい最近の話のように、淀みなく喋る。

「新生児室に連れていかれてね、ガラス越しに捜して、すぐわかったよ。あれが僕のこどもだって、父さんにはすぐわかった。光が射しているみたいに際立って見えたから。嬉しかったな。それで、名前は絶対に妙がいい、と言い張ったんだ。母さんは蘭の妹だから百合とか桜とか、そういう名前にしたかったらしいけど、どうしても譲れなかった。この子は絶対に『妙』だ、妙なるこどもなんだってね」

「そうなんだ」

全然、知らなかった。姉が生まれた後父はずっと「男の子も欲しい」と言い続けていたと母から聞いたことがある。だからわたしは待望の長女と念願の長男にはさまれた不必要な次女なのだろうと思っていた。家族の中で最もどうでもいい子、という立ち位置なのだろうと。生まれたときの話だって、いまはじめて聞いた。父は、あれやりたいこれ食べたいあれ見たい、と欲求を垂れ流して生きている母とは対照的な、控えめな人だ。口癖は「お前たちの好きなように」だし、なにかを強く主張しているところなど、一度も見たことがない。そんな人が「絶対に妙がいい」と強く思い、それを貫いたということがわたしを驚かせた。

「びっくりしたよ、お父さん」

「そうか」

「蘭ちゃんと玲くんがいれば、それでいいんだろうと思ってたよ、ずっと」

言ってから、自分がごく自然に彼らの名を口にしたことに驚いた。父は呆れたように首を振って、それから小さく笑った。

「なあ妙。親は三人こどもがいれば、三人とも大事だよ。見てごらんなさい」

それから父は右手をわたしの前にかざして、中指も小指もあるから薬指はいらない、なんてわけないだろう、と続けた。

「うん」

いまの胸の内を父に伝えたい、と思った。でも一体なにを伝えたいのか、頭の中でまとめようと頑張ってもことばにならなくて、結局「えっと、なんか、あの、ありがとう」と要領を得ない礼を述べた。父はすこし恥ずかしそうに目を伏せて、うんうん、と頷いた。

十一

そうか、妙という名前にはそんな意味があったのか。知らなかった。父と話せて、なんだかよかった。そんな気持ちだったせいか、いつもより寝つきが良かったような気がする。なんの夢も見ない、深い眠り。

それなのに、無理やりに起こされた。

買い物につきあってよ、と掛け布団ごしにわたしの身体を揺すりながら母が言う。うきうきと。姉がまた妊娠したらしかった。また孫を抱ける喜びで、母は光り輝いていた。休みの日の朝に揺り起こされたわたしにとって、それはとても迷惑な部類の輝きだった。まぶしい。そしてうっとうしい。

「お父さんと行ってよ、そんなもん」

貴重な休みをそんな用事でつぶされてはかなわない。居間で胡坐をかいている父を指差すと、父はすばやく囲碁の本で顔を隠す。

「いやだ。お父さんは忙しいのです」

日曜の午前十一時にまだパジャマを着ているくせに、あからさまな嘘をついたりして意外と大胆だ。母は自分の丸い頬に手をあて「そういうわけで」と微笑む。どういうわけでしょうか。結局無理やりに電車に乗せられ、デパートに向かった。

こども服売り場のフロアに到着すると、母は目を輝かせてこれかわいいあれかわいいと次から次へと棚からベビー服を引っぱりだす。男の子かねえ女の子かねえ、元気ならどちらでもいいねえと大きな声で言い、店員に「おめでとうございます」と声をかけられてにこにこしている。なんでこの人、いつもこんなに元気なんだろう。背中を丸めて母の後ろをついて歩く。

店員と母が淡い緑のベビードレスと淡い黄のベビードレスを広げてああだこうだと話しはじめたので、わたしはその隣でぼんやりと姉のこどもの名を予想する。きっとまた画数の多い名前をつけるに違いない。それはそうだろう。だって樹璃菜と玲緒菜ときて次がいきなり一夫とか安子だったら。いくらなんでもバランスというものがありますからね。女の子なら眞璃菜。あるいは亜耶菜。そんなところか。男の子ならどうだろう。理比斗とか瑠維人とかそういう、ラ行ではじまりトで終わる、きらびやかな名前のような気がする。それを言おうとして母を見ると、なぜか無言で凝然としていた。視線を辿っていくと、通路を挟んだむこうの、マタニティ用品のコーナーにいるカップルにぶつかった。男の人のほうはわたしたちのよく知る人物だ。

「あれ慎一よね？」

以前は慎一くんと呼んでいた母は小声でわたしに確認する。黙って頷いた。

慎一は女の人の背中に手を置き、時折いたわるようにさすったりしている。女の人はパジャマらしきものを広げたり畳んだり胸にあてたりして真剣に吟味している。慎一がなにか言い、ふたりは顔を見合わせて笑った。慎一がこちらを向きそうで、反射的に棚に身を隠したわたしの腕を、母がそっと押す。

「行こう、妙」

そのまま母に押されるようにしてエスカレーターまで歩き、ふたつ上の階に行く。適当に目についたカフェに入り、席に通され、注文をし終えてから飲み物が運ばれてくるまでのあいだ、わたしたちは見てはいけないものを見てしまったことについて語り合った。

「ねえ、妙、あの人、新しい彼女かな」

「たぶん」

「妊娠しているのかな」

「……妊娠しているんでしょう」

「そうね。ジュニュウグチ付きのパジャマ、見てたもんね」

ジュニュウグチが授乳口だとわかるまでに数十秒を要した。別にわかりたくなかった。そんなもの。

「結婚するのかな」

母が首を傾げている。

「……そりゃあ、するでしょ」

わたしは、というか既にしているのかもしれないな、と思いながら力なく答えた。

「そうね。だって、妊娠だものね」

はあ、とほぼ同時に溜息をついてしまい、ちょっと笑う。

「妙、大丈夫？」

母は運ばれてきたコーヒーを手元に引き寄せながら、わたしの顔を覗きこむ。覗きこまれてはじめて、自分の頰を涙が伝っているのに気付いた。

慎一に既に新しい相手がいることが、かなしいのではない。

ひさしぶりに見た慎一は相変わらず雛人形のようだった。でもなんとなく、以前より頼もしげな雰囲気があった。守るように女の人の背中に置かれていた慎一の手。慈しむように女の人を見つめていた横顔。なによりあの楽しそうな笑いかた。あんな顔は見たことがない。

慎一はいつもわたしといるとき、不服そうだった。

きっとあの女の人は慎一からそういうものを、上手に引きだせるのだ。その人が持っている、けれども隠れている美質を引きだして育てられる人と駄目にしてしまう人がいる。たしか千歳さんはあのときそう言っていた。前の会社の話をしたとき。

わたしは、慎一にとっての白石さんだったのだ。毎日毎日、わたしを見下して喜んでいたあの人と、わたしは同じことをしていた。頼りないけどかわいい。というわたしの思いには、きっと慎一を見下す思いが混じっていた。優位に立っているのが気持ちよかったのだ。そういう相手にこどもだと馬鹿にされて、去られたのがただただくやしかったのだ。

母がハンカチを差しだす。おそらく、泣いているほんとうの理由はわかっていないだろう。

「妊娠か」

母はまた呟いた。日頃からこの人は、姉・弟の妻・わたしの順で人間としてのランク付けをしているに違いないとふんでいる。もちろんこれは出産回数の差だ。きっといまこの瞬間、さっきの女の人がわたしの上位にランクインした。毎度おなじみのモヤモヤ感がたちこめる。なんとなく、いまここで言わなければ一生言えない気がして、口を開いた。

「ねえ、お母さん」

わたしは母のハンカチで涙を拭う。やわらかいガーゼのハンカチに、涙はすばやく吸いとられる。

「なに」

「わたしがいまから、落語家に弟子入りするとか言いだしたらどうする」

「反対するにきまってるでしょう」

「しかも笑福亭仁鶴《しょうふくていにかく》」

「なにが『しかも』よ。だめよ」

「じゃあ画家目指してパリに渡米するとか」

「反対するにきまってるでしょッ」

ほんとうはパリに渡米、というところにつっこんでほしかったのだが母は反対反対と繰り返すばかりなのだった。

「どうしたのよ急に」

母は困惑気味にコーヒーをスプーンでかきまわしている。砂糖も入れていないのにぐるぐるまぜている。

「お母さんのよく言う『こどもを産んでこそ女は一人前』ってやつね。あれとってもモヤモヤする。なんなの、こどもって一人前になるための手段なの。違うよね。お母さんはわたしたちを、自分が一人前になるために産んだの。違うよね」

言ってしまった。ついに積年のモヤモヤをぶつけてしまった。母はかすかに口を開けて、わたしを見ていた。

「そんなこと考えてたの、妙」

「うん」

そうだったの。母は目を伏せてコーヒーを飲んだ。口を開きかけたり、やめたり、耳の後ろを掻いたりしている。

「ごめん」

わたしが思わず言うと、母は数回瞬きして、それからかすかに笑った。

「どうして謝るの」

「ショック受けてるのかな、と思って」

ショック？　今度は声を出して笑う。

「大人はいちいちそれぐらいでショックを受けません」

バカねえ。母はまた笑う。

「あんたはむかしっから、親に対して隔たりがあるというか」

「えっ、へだたり？」

びっくりして問い返す。

「遠慮、というか。もっといろんなこと話してくれたらいいのにな、と思ってた。おねえちゃんたちはねえ。わかりやすい子だったから。でも妙はなに考えてるか、よくわからなくて」

母が言い終えて、またコーヒーを飲む。わたしもカップを手にしたけれども、口をつけずにまた置いた。

「えっと、ごめんね。お母さん」

「だから、謝らなくていいの」

「……うん」

わたしがじっと見ているのに気付くと、母はまた、ふっと笑う。

「お母さんはあんたたちのこと産んで、育てて。とても幸福だった。まあ、お母さ

のかな、このままでいいのかな、なんて悩んだりもしたのよ。目標とか、信念とか、もってなかったし。でもこどもを産んで、育てているうちに、気にならなくなった。お母さんには、信念よりもっと大事なものがあった。それはね、あんたたちよ。

自分にとって、一番大事なものをちゃんと知ってるってこと。お母さんは、それが『一人前』ってことだと思ってる。もちろん、それはこどもじゃなくたって、いいでしょう。でもお母さんは、自分の人生以外の生きかたを知らないからね。知らないことを、安易に娘に勧めたりできないから。選ぶのは妙よ。妙自身よ」

お母さんって、幸福だったんだ、とひとりごちると、母は頭に来ることもいっぱいあったけどね、と付け加えた。特に蘭は布団とかベッドに置くと泣く赤ちゃんだったからずっと抱っこしてなくちゃいけなくて、ごはん食べる暇もなくて、眠っている蘭を抱いた状態で、なんだかもう寝不足だし腰も肩も痛いし、全部嫌になっちゃって、ワーワー泣きながら焼いてない食パン齧ったこともあったわねえ、それから妙のときは、などと母の話はなかなか終わらない。聞く限り少しも幸福そうでない壮絶な思い出なのに、実に楽しそうに語るのだった。

「ねえ、ケーキも頼んじゃおうか」

どうやら気分が乗ってきたらしい母はメニューを横目で見ながら、そんな素晴らしい提案をする。

結局、なにも買わずにデパートを出た。姉の様子を見ていこう、と母が言うので姉の家に寄った。ふたりの娘は並んで録画したアニメ番組を観ていた。居間に入っていくと声を揃えて「おばあちゃん、妙おばちゃん、こんにちは」とお遊戯会の前の挨拶みたいに平板に言う。目線は一切、テレビの画面から逸らさなかった。

姉はわたしたちが腰を下ろすなり、早くもつわりがはじまった、フライドポテトぐらいしか食べる気がしない、パパが家事を手伝わない、向かいの家のピアノがやかましい、最近テレビがつまらないと脈絡のない愚痴《ぐち》を言いながら胎児のエコー写真を見せてきた。

「元気で産まれてくるといいね」

白黒の、まだなにがなにやらわからない写真を眺めてわたしは言った。

「産んでからが大変なんだってば」

姉は不敵に笑い、大変なことの具体例を列挙しはじめた。睡眠時間がこまぎれである。産まれて一年もすると常にまとわりつかれながら入浴・食事・排泄《はいせつ》をしなければならない、「もの思いに耽る」ということがたとえ数分でも不可能である。単純なこと、たとえば胃薬を飲むとか、そういうことをいちいち子の目を盗んで行わなければならない。などと喋り続ける姉は、母と同じくとても楽しそうだった。

母がトイレにたったのを見届けてから、姉に「さっき、慎一に会った。幸せそうだった」と報告する。

「そうなの？　慎一め」

姉は眉をひそめ「そのわりには平気そうね」とわたしを見る。

「ところで柴犬みたいな男とは最近どうよ」

姉は慎一より、千歳さんのことが気になるらしかった。

「そのうち、話す」

長くなるし、と言い添えると、姉は存外あっさりと頷いた。

「柴犬はともかく、今度あんたのバイトしてる店に行くから」

お母さんも興味あるでしょ、とトイレから戻ってきた母に声をかけている。

「そうねえ」

母は曖昧に笑っている。だから来なくていいって、と言いかけて、やめた。

「じゃあ、地図、描くね」

わたしが言うと、姉は驚いた様子だった。

「え、いいの？」

「うん」

姉が差しだしたメモに地図を描きながら「なんか、恥ずかしがるようなことでもないかなって今さっき気付いた」と言うと、姉と母は「気付くの遅いよ」と笑った。

帰り際、玄関先まで見送りにきた姉が靴を履くために屈んだわたしの頭をてのひらでぐっと押さえた。バランスを崩して転びそうになる。

「やめてよ」

姉はにやにやしながらわたしを見ている。

「いや、妙がちょっと大きくなったような気がしたから」

「なるわけないでしょ」

「なるよ。なるって」

姉はなぜか自信満々に、宣言してくるのだった。

家に帰って、長いこと押し入れにいれっぱなしになっていた慎一の写真と指輪を燃えるゴミと燃えないゴミに分けて、家の裏手のゴミ箱に捨てた。もっとはやく、こうすればよかったのだ。

居間に入ると、父が読んでいた新聞から目を上げてわたしを見た。

一体わたしはいま、どんな顔をしているのだろう。情けない顔じゃなければいい。

「大丈夫だから」

なにが大丈夫なのか自分でもわからなかったが、そのように言うべきだと思った。

父は小さく頷いて、また新聞に目を落とした。

十二

失恋事件以後、蓮太郎くんにやたらと懐かれている。いままではときどき顔を出す程度だったのに、最近は毎週やってきて店に居座り、長々と喋っていく。

「ふられたかなしみを紛らわすために、わたしのこと好きになろうとか思ってないよね？」

念のため尋ねたが「自惚《うぬぼ》れもたいがいにしてくれよ」とバカにされただけだった。

「俺、もてるから」

棚にもたれかかって腕を組むなどしている。体形と顔面と性格が良い男の子がもてるのは当然のことなので、そのような尊大な態度で腕を組む必要はありません。

「でもふられたんだね」

傷をえぐってやると、蓮太郎くんはがっくりと肩を落とす。

「いつもふられて終わるんだよね、俺」

父親に似たのかなあ。そういうところだけ。遠い目をして呟いている。聞こえないふりをしつつ時計を見ると十一時半を過ぎていた。

「そろそろご飯作ってくる」

廊下に出ると、居間の扉が開いていて、低い話し声が聞こえる。向かい合って座っている千歳さんと菫さんの姿が目に入った。え、と足が止まる。一瞬、呼吸も止まる。

いつのまに、ここに来ていたんだろう。千歳さん。

ふたりは額を寄せ合うようにして、テーブルの上のなにかを見ている。菫さんはこちらに背を向けているので、わたしが立っている位置からは千歳さんの顔しか見えない。笑っている。いつものように。

わたしは、千歳さんと菫さんのことを外見もなにもかも対照的なふたり、だと思っていた。でもこうして見ると、ふたりはよく似ている。

どちらの名も呼ぶことができないでいる。立ち尽くして、わたしはじっとふたりを見続けている。ああそうかわかった。と口の中で呟く。

知らぬまに背後に来ていた蓮太郎くんが「なにしてんの」と大きな声を出し、菫さんが振り返った。

「あ、妙ちゃん」

千歳さんが片手を上げるのを、正視できずに目の端で捉えた。なにか言わなければ、と焦る。

「あのー、菫ひゃーん、急にお腹が痛くなってー、早退してもいいでひゅかー」

結局わたしの口から出たのは、そんな弱々しい声だった。

「いいけど、大丈夫？　お薬あげようか」

菫さんが心配そうに眉をひそめている。なぜこんなときに限ってやさしいんですか。どうしても視線を向けることができないので、千歳さんのほうはどんな顔をしているかわからない。

「大丈夫でひゅー」

滑稽なほど声が震える。ひゅみませんひゅみませんと頭を下げて、店を出た。

うまく息ができない。胸に刺さっているのは棘じゃない。刃《やいば》だ。時間の集積。蓮太郎くんの存在。菫さんと千歳さんは、それだけではない繋がりがある。もっとなにか心の底にあるものが同じなんだという気がする。表現のしかたが全然違うから、そうとは気付かなかっただけで。

駅に向かって歩きだすと、蓮太郎くんが追ってきた。

「ねえ急にどうしたの、ねえねえ」

ドウシタノー、ドウシタノーと一本調子で歌うように言う。振り向いて確認すると、カブトムシを見つけた男子小学生のごとく目をきらきらと輝かせていた。復《ふく》讐《しゅう》だ。先程失恋の傷をえぐられた復讐に違いない。

「なに、なに、ねえ、もしかして今更やきもち？　妬《や》いてんの？　ねえねえ」

後ろを歩きながら大きな声で言う。

「妬いてない。わかっただけ」

「え、なに、なにがわかったの？　地球に引力が存在すること？　残念だけどそれは随分昔にニュートンって人が見つけてるから。まあ立ち話もなんだからとりあえずちょっとお茶でも飲もうよ」

蓮太郎くんはわたしの首根っこを摑むなり、ひきずるようにして歩きだした。

「はなしてよ！」

声を上げるわたしに構うことなく、ファストフード店にずんずんと入っていく。よく見たらこの店は慎一に別れを告げられた場所ではないか。もうやだ。勘弁してよ。

「これ、ふたつね」

こちらの意向を確認もせずに、よりによってメロンソーダを注文している。トレイを受け取った蓮太郎くんに小突かれるようにして窓際の席まで進んだ。

「で？」

四人掛けの席の向かいに腰をおろした蓮太郎くんは、また腕組みをしてふんぞり返った。

「で、なにがわかったの？」

「ふたりは似てる」

なにをいまさら。蓮太郎くんは鼻を鳴らす。

「それに。千歳さんってやさしいでしょ。いつも」

わたしは俯いたまま喋った。

「菫さんにもほかの人にもみんなにやさしい。『健太郎の心は美しい庭』って菫さんが言ったとき、なにそれ意味がわかんないって思った。

でもさっき見ててわかった。千歳さんって、誰が相手でも同じように笑うんだよね。みんな千歳さんの庭で休んでいくんだよ。だって千歳さんは、誰も拒まないから。でもそれって誰も独占できないことと同じ意味だと思う」

千歳さんが菫さんに対して特別な表情を向けていたとしたら。そのほうがまだしもよかった。

そのようなことをぽつぽつと語り顔を上げると、蓮太郎くんは緑色の液体をストローで啜りあげながら携帯電話をいじっていた。

「ねえ、ちょっと、聞いてる？」

「ああ、ごめん。途中から全然聞いてなかった」

蓮太郎くんが画面をこちらに向ける。送信済みのメッセージの宛先は『父』となっており、『仮病女が』『めんどくさい』『迎えにきて』などという文字が並んでいた。

携帯電話をポケットにしまった蓮太郎くんは、しばらくのあいだストローを噛みながら窓の外を見ていた。

「ねえ、コンパクト人間」

「やめて！　その呼びかた」

「ああ、ごめん。妙さん」

「はい？」

突然蓮太郎くんが妙さん、などと言うので思わずかしこまる。

「あの人が休みたいときは、どうすればいいの」

わたしはそのことばの意味がよくわからず、黙っていた。

「みんなさ、人になにかしてもらうことばっかり考えてさ。みんな、お父さんの『やさしさ』とやらを掠めとっていくだけじゃないか。そんなのはおかしいよ。妙さんもお母さんもずるいよ。誰もお父さんの庭になってやろうとしないなんて、お前らはずるいよ。

お父さんだって、誰かを特別に思うことはあるはずだ。勝手に『誰が相手でも同じ』なんて決めつけて僻《ひが》んでるから、その他大勢から抜けだせないだけじゃないか。特別に愛されたいなら、まず自分がそうすればいいじゃないか。相手にばっかり要求するなよ。ほんとにお前らは。どうしてそうなんだよ」

蓮太郎くんは頬を赤くしており、必死なあまり自分が「お父さん」「お母さん」と口走ったことについては気が付いていないようだった。

「俺はあの人に怒鳴られたことが二回しかない」

よく見ると目の縁までうっすら赤い。

その一回目は、菫さんに「産んでくれなんて頼んだ覚えはない」と言ったときのことで、それを後から聞いて激昂した千歳さんは「菫さんの気持ちも考えろ」と蓮太郎くんの胸倉を摑んだらしかった。

そして二回目は蓮太郎くんがわたしと会う直前の話で、菫さんが電話をしてきて「アルバイトで来てる子が健太郎とつきあってるみたいで、あなたは複雑かも知れないけど普通に接してあげて頂戴ね」と頼んできたのだそうだ。蓮太郎くんは、なにそれ気持ち悪ッ、バカじゃねね、というようなことを思い、チトセボタンに駆けこみ「しょうもない女に手を出すんじゃねえ、そんなに若い女がいいのか」と苦情を申し立てたそうだ。

「妙ちゃんに会ったこともないくせに、しょうもない女なんて決めつけるな、とか言ってめちゃくちゃ怒られた」

二回とも自分のこと以外で怒ってるだろ、そういう人なんだよ、と蓮太郎くんはまたストローを嚙む。それからわたしを一瞥して「どこがいいのかね。あんたの」と付け加えた。

「ごめん」

ずっと蓮太郎くんの気持ちについて考える余裕がなかった。父親の恋人が自分の母親のところで働いているなんて、そりゃあ良い気はしないに決まっている。当然だ。それなのに蓮太郎くんは割り切れない思いを抱えながらも、こらえて接してくれていたのだった。

「べつに謝ってもらわなくても良いんだけどね」

当惑したように蓮太郎くんはまばたきする。まあなんだろう、でも考えてみるとあんたのせいじゃないんだよな。これは俺とあの人たちの問題だ、と言う蓮太郎くんは、わたしよりもずっと大人だった。

それからふたりで黙って、窓の外を見ていた。

千歳さんはまもなくやってきた。入り口に立ってきょろきょろしていたので小さく手を振ると、笑顔で近付いてきた。良かった、良かったと言いながら隣の椅子をひいて座る。一体なにが良かったのだろうと思っていると、千歳さんは小さな、きらきら光るものをわたしのてのひらにのせた。

「はい。これあげる」

珊瑚《さんご》のような淡い桃色の、ビーズの指輪だった。中央にドロップのかたちをした、ガラス製のボタンを編みこんである。全体的に斜めに傾いだ、歪（いび）なかたちをしていた。

「千歳さんが作ったの、これ。もしかして」

「うん。さっき菫さんに教えてもらって。妙ちゃん、てづくり市のとき欲しそうに見てたから」

こういうの困る。ほんとに困る。嬉しいから困る。嬉しくて泣きそうだから、ほんとに困る。だってまたしても千歳さんの顔を見ることができない。

「欲しくなかったのに」

ただ見てただけだったのに。千歳さんはふふと笑う。

「そう。でも、ちょっとつけてみてよ。きっと似合うよ」

「そうだよ」

もっと嬉しそうな顔をしろよ。怒りながら蓮太郎くんが指輪をとってわたしの右手首を掴む。あ、そんな、それは千歳さんの役割では、と思っているまに指輪は薬指に通された。でも薬指につけるにはちょっと大きい。

「ぴったり」

中指につけなおして、手を掲げてみせた。

「良かった」

「ほんとほんと」

ふたりは声を揃えて似合うよ似合うよと繰り返す。わたしはガラスのボタンが眩《まばゆ》くて、これ以上目を開けていられない。

「じゃあ、あとよろしく」

蓮太郎くんはそう言ってさっさと家に帰ってしまった。その後ろ姿を見送って、ふたりで同じ方向を見たまま、しばらく黙っていた。このまま永久に沈黙が続くかと思われたとき、千歳さんが口を開く。

「ずっと会ってなかったね。二か月ぶり、ぐらい？　店にも来なくなるし。菫さんに訊いても『さあ』しか言わないし」

「うん。避けてた」

やっぱりね、という表情で千歳さんは頷く。

「わたひは。わたひは。千歳さんのことを好きになりたくなかったひょ」

やっとの思いで声を絞りだす。千歳さんは一瞬黙って、それから小さく笑った。

「なんだ。好きになりたくなかったってことは好きなんだね。そうだよね。いやいやあのねー、妙ちゃんてそういうこと言わないからこっちも遠慮してたよー。もうーなんだよー」

ここしばらく悩み続けたことがバカらしくなるほどのんびりした口調に、聞いているうちに力が抜ける。

「千歳さんは、わたしのことが好きなの」

わたしが尋ねると、うん、と小学生みたいに元気よく頷いた。さらに千歳さんは、「珍しいし」などと言う。

「え、珍しいってなに？」と思わず尋ねると、ちょっと考えてから「妙ちゃんのような人は、妙ちゃんだけだし」と言い直した。

「妙ちゃんて、いつもじたばたしてて面白いから」

じたばたしてて面白いから好きだ。全然、素敵な告白じゃない。でもわたしは嬉しかった。素敵ではないことばで伝えてくれたことが。

「はじめてうちの店に来たとき、覚えてる？　かわいいねって言ったら、妙ちゃんはでっかい声で『ハイッ、アリガトウゴザイマスッ』って言って頭を下げてさ」

「覚えてない」

ほんとうに覚えていなかった。千歳さんは、その頭の下げかたがまたロボットみたいにぎくしゃくしてて面白かったんだよ、と目を細めて笑って、しきりに面白い面白いと強調する。この人は、と思う。わたしのかっこ悪い部分をこそ、面白くてかわいいと愛してくれる人なのだ、と思う。思って、また泣きそうになる。

ガラスのボタンが窓から射す陽を浴びて、またきらりと光った。


駅まで、送ってもらった。改札の前でじゃあ、と言うと千歳さんはなにやら乙女のようにもじもじと俯いている。

「あのね、妙ちゃん」

「うん」

「いや、なんでもないよ」

言いかけてやめる、という気持ちの悪いことをして千歳さんは歩き去った。なんだそれは、という苛立ちをぐっと飲みこんで電車に乗った。

電車に揺られていると、ついさっきまでのことがなんだか現実ではないような気がしてきて、右手をかざして指輪を確かめた。幾度見ても、ちゃんとそこに嵌《はま》っていた。

家に帰りついて、玄関で靴を脱いでいるとぱたぱた、というスリッパの足音がして、母が出てくる。

「どうしたの、随分はやかったのね」

「早退したの。病気とかじゃないから」

母はなぜか授業参観日の保護者的な、もったりしたデザインのツーピースを着用していた。ピンクの真珠のネックレスと、白い真珠のネックレスと、両手に持ってどっちがこの服に合うと思う、と首を傾げている。

「どこか行くの？」

ピンクのほうを指差してから尋ねると、母は嬉しそうにこの前なんとかとかというホテルの何階にあるなんとかという店でなんとかさんとお昼を食べたらおいしかった、だから今夜三人でそこでお食事しましょうよ、と早口で捲《まく》し立てた。

「急に、なんでまた」

「だって誕生日じゃない、妙の」

忘れてたの、と笑われてようやく今日自分が二十八歳になったことに気付いた。もしかしてこの指輪はプレゼントだったのか。そしてさっき千歳さんが言いかけたことはハッピーバースデー的なことだったのか、と今更ながら理解する。でもそれ言うのにあそこまで照れるか普通、と思い、でも千歳さんってちょっと変わってるからふしぎなポイントで照れるのかもしれないな、とも思った。居間に入ると、父はなにやらいそいそとネクタイを選んでいた。

「わたしも着替えたほうがいいよね？」

母はネックレスの留め金を外しながら、ぞんざいに「なんでも良いんじゃない」と答えた。

「誰も見てないよ、妙の服なんて」

「いや、わたしの誕生日だよね？」

忘れてたくせに、と鼻で笑う母とまあまあ、と宥《なだ》める父とに挟まれて夕方、家を出た。お酒も飲んじゃおうか、じゃあタクシー乗っちゃおうか、そうしようか、と両親はやけにはしゃいでいる。駅前のタクシー乗り場に着いたが、タクシーは一台も停まっていなかった。待っていればじき来るよ、と言いながら父がベンチを指した。端に座ると隣に父が腰を下ろし、母もそれに倣った。

空に金色の雲が浮かんでいた。西日に映えて、雲が金色に光っているのだった。父と母はそれを見ながら、あれは砂糖をまぶして軽くバーナーで焦がした色だとか、だからちぎって食べたら甘そうだとか、よほど空腹らしくしきりに雲の味について話し合っていた。

「お父さん、お母さん」

呼び掛けると、ふたり揃ってこちらを向く。母は目と鼻が丸い。顔も丸い。父は面長で、目は細い。母は気まぐれで、父は温厚。対照的なふたりは並ぶと、なぜかびっくりするほど似て見える。同じものを心の底に抱えている人たちは、雰囲気が似てくるのかもしれない。

「ツカサ伯父さんの会社のこと、あれ、断るから」

わたしが言うと両親は一瞬顔を見合わせて、それから同時に頷いた。どうして、とかそんなことは一切言わなかった。いいよね、と念を押すと、だってそう決めたんでしょう、と母が笑う。

黄色いタクシーが一台、こちらに向かってくる。ありがとう、というわたしの声は小さ過ぎて、母にも父にも届かなかったかもしれない。ほら来た、とタクシーを指差しながら父が立ちあがる。今日はなんでも好きなものを食べなさい、と母が鷹《おう》揚《よう》に言って、わたしの背中をどんと叩く。タクシーの扉が、静かに開く。

十三

ひとつ年をとったからといってなにかが劇的に変わるはずもなく、わたしはわたしのまま、日々が過ぎていく。八月に入って、千歳さんは暑さのせいで食欲が落ちて、すこし痩せた。菫さんの様子は、いつもと変わらない。

カレーの作りかたを教えなさい、とあるとき唐突に菫さんが言いだした。命令口調のときは大抵照れている。最近気が付いた。

「いいですよ」

なんですか急に、と思いながらも承諾する。台所にふたりで立った。菫さんは冗談かと思うぐらいおっかなびっくりで包丁を握っている。この人ほんとうに料理をしないのだなあ、と感心してしばらく横目で観察してしまう。

この台所にある琺瑯《ほうろう》の鍋や、鉄のフライパンはいずれも古い。菫さんのお母さんは、これらの道具をとても大切に使っていたらしい。古いけど、状態がよい。最初に台所に入った日に、そう感じた。料理は得意だったが人を扱うのは苦手で、足手まといになるという理由で娘を台所に入れるのを嫌っていたというお母さんのことが、菫さんはとても好きだったのだろうなと、わたしはこの台所に入るたびに思う。

玉葱《たまねぎ》をゆっくりじっくり炒めます、と説明すると菫さんはきまじめに頷き、木べらで鍋の中をぐるぐる、ぐるぐると掻きまわす。

「ええと。そんなに執拗に混ぜ続けなくても、大丈夫ですよ」

「あら、そう?」

しばらく黙った。玉葱を炒める甘い匂いが満ちる。なにか話したほうがいいかな、と思いつつやっぱり黙っていた。

なんとか言え。ツカサ伯父さんの声が唐突に耳の奥に蘇る。このあいだ訪ねていったときの。

ツカサ伯父さんの会社は、想像していたよりずっときちんとしたまともな会社のようだった。自社ビルの一階のガラスの扉を開けると、カウンターがあって、花が活けてあった。「社長室」という札のかかった部屋に通され、そこで話をした。ツカサ伯父さんは両側にアームレストのついたザ・社長という感じの椅子に背を預けて、机の前に立っているわたしをじろじろと眺めていた。

「ありがたいお話だと思いましたが、やっぱりお断りさせていただこうと思って」

わたしが言うと、ツカサ伯父さんの目が鋭くなった。シマウマに狙いを定めるライオンもかくやと思われるほどだった。それですっかり怯えてしまって、用意してきた「当たり障りのない理由」がふっとんだ。

「なんでだ」

「いや、いろいろ考えて」

「いろいろってなんだ」

職員室でお説教をされる中学生の姿勢でことばを探していると、ツカサ伯父さんが怒鳴った。

「なんとか言え！」

「す、すみません」

縮こまると、ふふ、とツカサ伯父さんが唐突に笑いだした。え、と顔を上げるとまあ座れ、とようやく傍らの応接セットのソファーを勧めてくれた。でも電話じゃなくてわざわざ来るところがお前らしいよなあ、と正面に移動してきて、ソファーにどっかりと腰を下ろす。

「わたしらしい？」

「へんな風にまじめ」

ツカサ伯父さんはなぜか上着のポケットから栄養ドリンクの瓶を二本出した。そのうち一本を、わたしに差しだしてくれた。

「お前はまじめで良い奴だよ」

買い被り過ぎです、と俯くと「覚えてるか、草むしり」と言ってきた。

祖母の家の庭は広く、お盆に親戚が集まったときにこども全員で除草をする、という習わしがなぜだか昔からあった。ある年の夏、ツカサ伯父さんが「この中で一番活躍した者に褒美をつかわす」と殿様みたいなことを言いだしたことがあって、どうやらそのことらしかった。ツカサ伯父さんが金持ち且《か》つ太っ腹であることは親族間で有名だったので、全員色めき立った。

「ガキどもはみんな張り切って草を抜いたり、ゴミ袋を持って走り回ったり。常に俺の視界に入るように動いてるやつもいた」

アピールしてみせるのが上手なのは勿論悪いことではない、とツカサ伯父さんは頷いてみせる。

「気付いたら、お前がいなかった。裏庭にまわってみたら、お前はそこでひとりで、草を抜いてた。こう、肘の上まで泥つけて。誰も見てないのに、必死に」

まちがってミキちゃんの植えた水仙まで引っこ抜いて、しこたま怒られてたけどな。と思い出したくないことまでツカサ伯父さんは付け加えた。

「お前、ほかの奴より時間がかかるだろ。なんでも」

「はい」

「でも、ちゃんと自分の仕事のやりかたを見つける。俺ならお前みたいな奴を、うまく使える」

なぜなら俺は有能な経営者だから、と胸を張る。

「だからうちの会社に欲しいと思った。親戚だから誘ったわけじゃない。もちろん社員全員がお前みたいな奴だったら、会社は絶対につぶれるんだけど。わはは」

まぶたがじわじわ熱くなってきて、泣くんじゃないかと思った。がさつなおっさんだと思っていたのに、そんな風に見ていてくれたなんて。ツカサ伯父さま、なんとお慕わしい、という気分にさえなった次の瞬間、ツカサ伯父さんが「妙子隊員！」と大声を出したため、ぎょっとして涙がひっこんだ。

「はいっ」

「がんばれよ！」

窓ガラスがびりびりと震えた。

「がんばります隊長」

ツカサ伯父さんは一瞬きょとんとして、それから天井を向いて大笑いしていた。

がんばります、とは言ったものの具体的になにを、と思いながらまな板を洗っていると、木べらを握っていた菫さんが急にこっちを見た。

「蓮太郎がね、遠くに行くんですって」

旅行とか、そういう話ではなさそうだった。

「なんですか、その『遠くに行く』って、どこに、なにしに行くんですか」

菫さんは「北のほうに、なにかをしに」とひどく曖昧な答えかたをした。

「だから、作ってあげようと思ったの。あの子、好きでしょう。カレーが」

「そうですか」

菫さんは頷いて、せわしなく鍋をかきまわしはじめた。

その次の日、菫さんはまた熱を出して寝こんだ。

熱は一日で下がった。その翌週、店で刺繍糸を整理していると蓮太郎くんが「よう元気かい」などと呑気に言いながら入ってきた。

「北のほうってなにしに行くの」

「なんだ、もう聞いたの」

蓮太郎くんはなんでもないことのように笑う。

「いますぐじゃないよ。卒業してからの就職先の話だよ。それにまだ、決定したわけじゃないよ。そうしたいなっていう、あくまでも希望」

ずいぶん先の話ではないか。なぜいますぐカレーを作ってやらねばならないのか。

菫さんは思いもよらぬことを聞かされて、気が動顚《どうてん》してしまったんだろうか。

蓮太郎くんは結局その北がどこであるのか、なにをしに行くのかもはっきりと教えてくれない。やりたいことがあるんだ、とだけ、きっぱり言った。だからわたしも、それ以上は尋ねなかった。夢とか目標とかそういうものはその人の、その人だけの大切な、尊いものだ。だから蓮太郎くん自身が手を広げて見せてくれるまでは、他人が軽々しく触れたり詮索してはいけないのだと思った。いまは心のうちでそっと応援するだけで良いのだ、きっと。だから違うことを尋ねた。

「カレー、作ってもらった?」

「うん。人参とじゃが芋が切らずに丸ごと入ってた。あと焦げくさかった」

菫さん。なぜ説明したとおりに作らなかったのですか。

「すごくまずかった。三回おかわりした」

「へえ、わたしが作ったカレーのときは、おかわり一回だったのに」と言うと「その回数の差は、愛の差だバーカバーカ」と蓮太郎くんはいつものようにわたしをバカにする。

必死な顔でカレーを作る菫さんと、まずいなあと思いながらもおかわりしている蓮太郎くんの姿を想像したら、鼻の奥が痛くなった。

「もし俺が遠くに行ったら、そのときはあの人のこと頼むね」

どっちのことだろう。たぶん菫さんのことと思われる。

「その頃にはいないかもしれないよ。すっかり忘れてるみたいだけど、わたしただのアルバイトだからね」

蓮太郎くんははっとした顔をする。

「そうだよ。なんで俺、コロ子なんかにこんな大事なことを頼んだんだろ。どうかしてるよ」

なんか、は余計であるし、そもそもわたしはコロ子ではない。

ちゃんと、将来のこととか、考えているんだ。笑いながら店を出ていく蓮太郎くんの背中を見つめる。それにひきかえわたしときたら。お恥ずかしい。

整理した刺繍糸を渡すために居間に入っていくと、菫さんは刺繍枠を片手に針を動かしていた。

「菫さん」と名を呼ぶと、顔も上げずに「なに」と短く答える。

「あのとき、どうしてわたしにここで働きなさいって、誘ってくれたんですか」

菫さんは、なにも答えない。針を持つ指だけは、忙しく動く。答える気なし、と判断して背を向けたとき、菫さんが言った。

「あなたが」

振り返ると、菫さんは手を止めてこちらを見ていた。

「あなたが、あのときたまたま、そこにいたからだけど？」

道端でびーびー泣いたりしてねえ、と呟いた菫さんの顎に、笑いをこらえるときにできる梅干しのような皺が寄っている。なにやらいろいろ思い出しているらしい。

わたしは黙って、菫さんの顔を見た。菫さんも、わたしをじっと見ている。

「え、それだけ、ですか？」

「どういう答えを期待していたのか知らないけど、それだけよ」

菫さんはまた作業台に向き直った。そうですか、と呟いて店に戻ろうと背を向けたとき、菫さんが「結果的には良かった！」と怒鳴った。わたしは、振り返らなかった。振り返れなかった。

店に戻って、ノートを広げてペンを握ったまましばらくぼんやり立っていた。

ガラス戸が開いて、お客さんが入ってくる。赤ちゃんを抱いた女の人で、いらっしゃいませ、と言ってから、あ、と声が出る。

いつか、人形を埋めにきたお腹の大きかった女の人だった。うわー、赤ちゃん生まれたんだ、うわー小さいし毛薄い、うわー手ぷくぷくしてる、と抱っこ紐から出た手足や頭を見ながらいちいち驚く。

「どうも」

女の人は、そう言って頭を下げた。

「赤ちゃん、生まれたんですね。おめでとうございます」

わたしのことばに女の人は頷いて、それから赤ちゃんの髪に触れた。やさしい手つきだった。

「あのときは、ありがとうございました」

「わたしはなにもしてないので。菫さんを呼んできましょうか」

扉に向き直ったわたしを、女の人が慌てたように制する。

「いえ、いいんです。そんな、わざわざ」

でもお客さんの棺桶を引き受けたのは菫さんなので、と言うと女の人は小さく笑う。

「あのときね、なかなかお店に入る勇気がなくて。でも、どうぞご覧になるだけでもって声をかけてくれたでしょ？　わたしね、あのとき、すごくほっとしましたよ。だから、ありがとう」

そんなのは、店員なら普通のことなのに。普通のことなのに、女の人はもう一度、ありがとう、と口にした。

ありがとうございました。いえいえこちらこそ、ほんとに、ありがとうございました。言い合ってからどちらからともなく、ふふふ、と笑い合う。

わたしは女の人の笑う顔を見て、とてもきれいだ、と思った。

この人があのとき人形とともになにを埋葬したのか、わたしはこの先、もう知ることはできないだろう。埋葬したところで、それですっかりさっぱり終わりにできるわけじゃなくて、きっとこれからも悩んだり迷ったりしながら生きていくのだ。けれどこの人は、こんなにもきれいに笑う。

女の人は、わたしが勧めた布製のうさぎを買って、帰っていった。この子がもう少し大きくなったら、これで遊んであげます。女の人はそう言って、また赤ちゃんの薄い頭髪を撫でていた。

広げっぱなしになっていたノートを閉じる。表紙の上に、鞄からわたしの棺桶を取りだして、置いた。

いつか菫さんに、婚約指輪を埋めるのを断られたことを思い出してすこし笑った。いまならばその意味がわかるような気がした。

いつか、自分ではどうしようもないほどのものを抱えたときに、わたしはこの棺桶を手に取るかもしれない。でも、それまでは。

それまでは、めいっぱい、じたばたしようと思う。


もらいものが沢山あるから、と菫さんが言うのでお昼は素麺《そうめん》をゆでることにした。湯を沸かしていると、蓮太郎くんが台所に入ってきて、ええー素麺かよ手抜きーと文句を言い、菫さんが窘《たしな》めた。

「来週だね、法事」

ダイニングテーブルの椅子を引きながら蓮太郎くんが言い、ふたりがフェリーの時間がどうだとか熱心に話し合っているのを、茗荷《みょうが》や葱を刻みながらなんとなく聞いていた。

「田中さんは船酔いするほう?」

なぜか菫さんがわたしに問うてくる。ツカサ伯父さんに弟と共に海釣りに連れていかれたときに船の上でゲーゲー吐いたことを思い出して「します」と答えると蓮太郎くんは酔い止め買っておきなよ、と笑った。きょとんとしていると、菫さんが「あなたも行くのよ?」と言ってきた。

「えー」

冗談だと思って笑っていたが、菫さんは真顔でこっちを見ている。

「え、なんでですか。なんでわたしが」

「なんでって、田中さんだからよ」

「そうだよね」

当然じゃないか、という顔でそっくり親子が頷き合う。

「え、でも」

千歳さんは知ってるんですか、ともごもご言うと「知らなくても別にいいんじゃない」と適当なことを蓮太郎くんは答えてきた。

「じゃあいま訊いてみたらどう」

菫さんは立ちあがって電話をかけはじめた。ああ菫ですけど、来週のあれだけどね、田中さんを連れていったらどうかと思うんだけど、ええそう、そうよ、え？　ああ、じゃあ代わるから、と受話器を向けられる。

「もしもし」

おそるおそる言うと、妙ちゃん、と呼ぶ声が耳に流れこんできた。千歳さん、と答えたら泣きそうになった。おとといも会ったし、昨日も電話した。でもなぜか、お懐かしい、という気分になっている。受話器を握り直してから、お母さんの法事のことなんだけど、と切りだすと千歳さんは、ああ、と小さく笑った。

「一緒に行ってくれる？」

「良いの？」

それってイコール親とか親戚とかみんなに紹介するってことだよ、と千歳さんにも自分自身にも確認する意味で良いの？　とわたしは尋ねた。このタイミングでいいの？　あのふたりになしくずしに決められたこのタイミングで。

「うん」

わたしの言わんとすることが通じているのかいないのか、千歳さんは「行こうよ、魚とかおいしいよ」と悠長なことを付け加えた。

夕方になって、チトセボタンに寄った。どうしてだかわからないけど、どうしても会いたくて。わたしの顔を見ると千歳さんはいつものようにゆるく微笑んで「散歩行かない、散歩」と誘ってきた。「なんで散歩」と尋ねると「なんとなく」と答える。鍵を閉めて、外に出た。

「蓮はまだいるの？」

歩きながら千歳さんが尋ねる。うん、と頷いてから、すこし迷って、やっと「蓮太郎くん、卒業したら遠くに行くんだって。やりたいことがあるんだって」と告げた。

「そうか。蓮がねえ」

千歳さんは横断歩道の手前で腕を組んだ。

「もしそうなったら、やっぱり、さびしい？　心配？」

「いや、大丈夫だよ。蓮は結構、しっかりしてるんだよ」

かわいい子には旅をさせよって言うしね。うんうん。千歳さんは自分で言って、自分で頷く。

信号が赤から青に変わった。

「行こう妙ちゃん」

千歳さんは歩きだす。

「菫さんのことは心配じゃないの」

だって何年も先の、しかも未確定のことなのに急にカレー作りだすぐらいの右往左往ぶりなんだよ、と言い添えると千歳さんは笑う。

「菫さんには妙ちゃんがいるじゃない」

ところで今日は泊まっていくの？　と千歳さんに問われてわたしは首を横に振る。

「今日から、レース編みの教室に行くから。週二で」

「へえ、なんでまた」

「菫さんが、レース編みだけは苦手なんだって。だから、わたしがやってみようと思って。店番とかご飯の用意だけじゃなくて手芸もできたら、もっといろいろ手伝えるでしょ」

「そうだね」

「わたし結構、手先は器用なんだよ」

「そうなんだ」

「菫さんが『田中さんあなた、なかなかやるのね』ってたじろぐほどに腕を磨くよ、わたしは」

千歳さんは「いまの言いかた、ちょっと似てた、菫さんに似てた」とげらげら笑った。

それから、しばらく黙って歩いた。

「ねえ、千歳さん」

千歳さんは前を向いたまま「うん？」と答える。

「どうってことないよ、って言ってくれる？」

「どうってことないよ」

「ありがとう」

「急に、なに」

べつに、とはぐらかす。どうってことないことはいっぱいある。でも千歳さんがどうってことないよと言ってくれたら、そうか、どうってことないんだ、と思えるから。

ねえ、こうやって並んで歩こうね。言おうとしてやめた。どっちかが引っぱるんじゃなく、どちらかが後ろからせっついたりするんじゃなく、並んで歩こう。

「モンキーレンチ」

「ジオラマ」

「オキシドール」

「人造バラン」

歩きながら、千歳さんは際限なく「かっこいいと思うことば」を挙げていく。ところで、ここはどこなんだろうか。いつのまにか知らない場所に来ている。まさかこんなところまで歩くと思わなかった。歩きながらきょろきょろしていると、千歳さんが気付いて笑う。

「大丈夫だよ、迷子になったりしないから」

あの角曲がったら駅だよ、と説明する千歳さんを、はじめて頼もしく思う。

「妙ちゃんも言ってよ、かっこいいことば」

「え、じゃあ、ええと、サルモネラ菌」

「妙ちゃんはほんとうに菌が好きだ」

感心したように頷いている千歳さんに「ねえ手つないでいい？」と尋ねてみた。

「えっ」と驚いて立ち止まる。それから「ちょっと照れるなあ」と手を差しだしてきた。

「行こう」

千歳さんはわたしの手を引き寄せて、それから指輪を見て、少し眩しそうに目を細めて笑った。

その笑顔はもう、わたしの声を奪わない。

十四

フェリーがゆっくりと動きだした。

港に着くまでが長かった。車で一時間。昨日の晩は、千歳さんの父親とか弟とか親戚になんと挨拶しようとか、ほんとうにこの服で大丈夫なのかとかぐずぐず思い悩み、千歳さんの車で港まで行くらしいけど、どの席に乗れば良いんだろうということまで考えが及んで殆ど眠れなかった。それほど悩んだというのに、車が到着するや否や蓮太郎くんがさっさと助手席に乗ってしまったので、菫さんとせまい後部座席に押しこまれることになった。

わたしはカーフェリーというものに乗ったことがなくて、車で船に乗ってその後到着まで車の中で過ごすのかと勘違いしていて、笑われた。客室があるのよ、と説明されてならばと想像したホテルの個室のような部屋と実際の客室はこれまた様子が違っていて、天井の低い、だだっ広い絨毯《じゅうたん》敷きの部屋だった。壁に薄い大型テレビが据えてあって、情報番組が流れていた。乗客はめいめい喋ったり、ペットボトルの飲み物を口にしたり、あるいは寝転がったりして、自分の家の居間のようにくつろいでいる風に見えた。隅のほうに四人かたまって座ったが、出港して五分ほどでもう気持ちが悪くなってきた。酔い止めを飲んできたというのに。

「甲板に出て、風に当たったほうが良いかも」

蓮太郎くんが言うので、よろよろしながら階段をのぼっていった。途中、後ろから腕を掴まれて、振り向いたら千歳さんだった。片手に空のビニール袋を持っているのは、わたしが吐くかもしれないから、その用心らしかった。

甲板に出ると、もわりと潮の匂いがした。白い手すりに掴まっていると、千歳さんが「近くをじっと見ちゃだめだよ、もっと酔うから」と言うので、遠くの水平線を見つめていた。口開けて、と言われて開けると、飴を放りこまれた。梅の味がした。唾液を出し続けるといいんだって、とよくわからないことを言われたがどういう意味なのか確認する気力もなく、ああそうですか、と頷いた。

気持ちが悪い。ああ、胃の存在感がすごい。潮の匂いと梅の味とフェリーの走行音と近くのこどもの奇声とさんさんと降り注ぐ陽光と千歳さんに対する申し訳なさとがごた混ぜになって、さらに気持ちが悪くなった。船を降りる頃に蓮太郎くんが寄ってきて「顔がコピー用紙みたいな色になってる」と騒いだ。

千歳さんの家は、車で十分程走ったところにあった。海が見えなくなって、くすんだ庇《ひさし》のかかった酒屋とか漁協とか小さい郵便局が並ぶ通りを抜けると、また小さな港に出た。漁船が二十隻《せき》ほど繋がれていて、堤防沿いには同じように小さくて同じように古びた家がいくつも並んでいた。すこし開けた土地に車が数台停まっていて、千歳さんは慣れた様子でそこに車を停めた。ぞろぞろと歩いて、やがて『千歳』という表札のある家の前で三人が立ち止まった。玄関の引き戸は開け放たれていて、千歳さんが「着いたよ」と声をかけると、がやがや言う声とともに日焼けした男の人たちが出てきた。

おかえり、とかこれが健ちゃんの彼女、とか、フェリー混んでた？　とかめいめい好き勝手に喋った。千歳さんは弟のセイジロウとキヨミと、いとこの誰々、と紹介してくれたが全員同じような顔をしていて見分けがつかない。もれなく黒いし。なおかつ吐き気もピークであり、足元もまだ揺れ続けており、名乗るだけで精一杯だった。

座敷に通されると女の人がふたりほど忙しそうに働いていて、小学生ぐらいのこどもが数名、一歳ぐらいの子を囲んでなにやら騒いでいた。奥のお仏壇の前に、小柄な男の人が胡坐をかいていた。千歳さんのお父さんらしかった。目のぎょろぎょろした、痩せた人だった。

千歳さんはただいま、と短く言って膝をついた。わたしもその後ろに行って、同じようにした。

「電話で話しただろ。田中妙さん」

挨拶をすると千歳さんのお父さんはふん、と頷き、耳の下をぼりぼりと掻き、菫さんに向かって「この娘、奥で休ませてやれ」とほとんど怒鳴っているような調子で告げた。

「顔が障子紙みたいな色になっとる」

いろんな形容がある。

そのまま、廊下の奥の部屋に連れていかれた。家具のない四畳半に、うす水色のカーテンがかかっていた。ほんとうはもっとはっきりした水色だったのかもしれない。畳も壁も、色が褪《あ》せていた。

「昔は健太郎の部屋だったのよ」

勝手知ったる、という感じで菫さんが押し入れを開け、てきぱきと布団を敷いた。

「後でまた来るから」

菫さんは畳に鞄を置き、ハンカチと数珠《じゅず》だけを取りだしてさっさと行ってしまった。入れ替わりに蓮太郎くんがやってきて、つめたい缶の緑茶を手渡しながら「だせえな、絶対にみんな不甲斐ない嫁だなって思ってるよ」と言い、とても愉快そうにヒヒヒと笑った。嫁じゃないし、とぼやきながら布団に入った。枕に頭をのせるとほんのり黴《かび》っぽい匂いがした。布団は湿っているらしく、ひんやりしている。干してないのね、とは思うが、そんなことはどうでもよく、いまはただ横になって休めることがひたすらありがたかった。

昨夜《ゆうべ》寝ていないせいか、天井を眺めているうちに眠くなってきて、目を閉じる。お坊さんが家に来たらしく、しばらくしてお経が聞こえてきて、それを聞きながらいつのまにか寝てしまっていた。ふたたび目を覚ますと、こんどは笑い声やこどもが廊下を走る音が聞こえたので、会食的なものがはじまったんだな、とわかった。

上体を起こしてみると、目覚めた瞬間には消え去ったと感じた吐き気が、あれっ起きた？　みたいにひょっこり顔を出したので、思わず低く呻いた。襖を叩く音がして、返事をすると菫さんが入ってきた。

「なにか食べられる？」

「無理です」

「お刺身とか」

「絶対無理です」

そうなの、と菫さんは無表情に頷いて布団の脇に正座した。

「この部屋、なにもないですね」

わたしは部屋を見まわして言った。学習机とかポスターでもあれば千歳さんのこども時代を想像できたかもしれないが、これでは無理だ。

「三十年も前だもの、健太郎がこの家を出たのは」

菫さんは両手を合わせて、しきりに擦り合わせるような仕草をしている。なにかを言いたそうに見えたがなにも言わないので、わたしは所在なく緑茶の缶をいじったり、また畳に置いたりしていた。

「ここから船で通える高校もあるの。この島の子は、大抵そうしてる」

「はあ」

「健太郎だって、わざわざうちに下宿して遠くの高校に行く必要はなかった。でもうちの両親が」

両親がそう勧めたのです、と菫さんがですます口調になったので、いまから昔の話をするのだな、とわかった。それはたぶん良い話ではないのだろう、という予感がした。ミツコさんは、と言ってから、ミツコさんて亡くなった健太郎のお母さん、と説明する。

「ミツコさんは、健太郎ばっかり叩くから、と。両親が、それで。離れて暮らしたほうがいいと」

ああやっぱり、と目を閉じる。やっぱり、良い話ではなかった。

ミツコさんは目付きのきつい女の人だった。弟ふたりにはなぜか甘くて、小さい頃から健太郎ばかり怒鳴りつけていた。お前はッ、お前はッという声がよく外にまで聞こえていた。素手で、竹の物差しで、布団たたきで、いろんなもので叩かれていた、と菫さんは早口で喋った。やめてと懇願したり泣いたりせず、ただじっと黙ってそれに耐える姿も、覚えていると。

千歳さんは中学生になるとぐんと背が伸びて、母親の身長をたちまち追い越した。力だってとっくに母親より強くなっていたはずなのに、それでも一度も抵抗しなかった。黙って殴られ続けていた、とそれは後になって弟たちから聞いたらしかった。

「弟さんたち、止めなかったんですか？　お父さんも。どうして？　虐待ってことでしょう」

虐待、と菫さんは呟いて、考えこんだ。

「そうね。異常なことなのに、毎日接しているうちに麻痺していたのかもしれない」

「どうして千歳さんだけ？」

「わからない。相性が悪かったのかも」

「……相性って」

だって親子なのに、と大声を上げそうになって、懸命に堪えた。なにか愉快な話題でもあるのか、座敷のほうでわっと笑い声がおこった。

「その程度のものよ」

すべての母親がすべてのこどもに無条件に愛を注げるわけではない。どんなろくでもない女でもこどもを産みさえすれば母親にはなれるもの。出産しただけで人格が変わるわけじゃないし、母性なんてものを信用しちゃいけない、母親ってそんな崇高なものじゃない、わたしだってそうよ。と菫さんは息を吐いた。

「両親が死んだとき、これからずっとひとりで生きていくのかと思ったら、心細くて。毎日泣きました。毎日、心細くて。ただただ恐ろしくて。だから、こどもを産みたかった。慈しんで、抱きしめて、頬を寄せる相手が欲しかった」

それはとても身勝手で、ちゃちな理由だったといまになって思うと菫さんは言う。母の愛は海より深いとか、母は強しだとか、そんな風に「母親」を賛美することばを耳にするたび、そんな良いもんじゃないんだと叫びたくなる。母だというだけで、無尽蔵の愛や強さを期待しないでくれ、と。

「身勝手じゃないです」

ことばに詰まりながら、やっとそれだけ言った。少子化を食い止めたいとか後継ぎをつくるためとか、そういう立派に思える理由でも結局は産む側が「そうしたい」から、なのだから。そうなればみんな「身勝手」に集約されてしまう。

たとえば母や姉なら、きっとこんなことは考えないだろう。理由なんかどうあれ、こどもを産みたいと思うのは女としての当然の欲求と受け入れてしまえる。でも菫さんは立ち止まって、考えてしまう人なのだろう。

ねえ菫さん。さびしいからこどもが欲しいという理由は、あなたの言うとおり身勝手でちゃちなものかもしれません。でもわたしはそういう菫さんが、とても好きです。

いままでずっとわたしは菫さんを揺るぎなくて強い人だと思っていて、そのくせこんな人にわたしの気持ちなんかわかるわけがないと勝手にいじけて。僻んで。わたしはいったい菫さんのどこを見ていたんだろうと思ってます。

　そんな風に言いたかったけど、どうしてもことばにならなくて、ただ何度も「身勝手じゃないです、違います」とぎこちなく繰り返しただけだった。

「それで、実際のところ蓮太郎くんを産んで、さびしくはなくなったんですか？」

　菫さんは「それはもちろん」とやわらかく微笑んだ。

「さびしさなんて感じる暇もなくなった」

「そうですか」

「蓮太郎は昔もいまも騒がしくて。図体はでかいくせに泣き虫だし。よく食べるし」

「ええ、ほんとうに」

　つい感情をこめて同意してしまう。

「でもあの子で良かった。わたしのところに生まれてきてくれたのがあの子で、良かった」

　そうですか、と頷いた。良かった、とわたしもまた、思う。

　ねえ菫さん。カレーのおかわりの回数の差は愛の差だそうです。知ってましたか？　蓮太郎くんが言ったんです。蓮太郎くんもきっと思ってます。あの人で良かったって。でもやっぱりことばにはならなかった。

　でも、と呟いた菫さんの口元から、微笑みが消えた。

「自分の血を分けたこどもでないと愛せないと思っていたところがやっぱりわたしは身勝手だったと思う」

　だってそれはたとえば、相手が健太郎でもよかったはずなのに。できなかった。結局、健太郎を利用しただけになってしまった。菫さんの声は暗かった。

「健太郎って、いつもそうなの。自分の感情を後回しにして他人の感情を受け止めようとがんばってしまう」

　健太郎はやさしすぎて人のために自分を犠牲にしてしまうの。そう語る菫さんの声はときどき捩《よじ》れたり掠れたりする。ある種の人間は、そういう人間を敏感に嗅ぎ分ける。そして健太郎の心を感情のゴミ捨て場みたいに扱う。そういう人間じゃないけど、わたしはそういうことから健太郎を守りたかった。だけど駄目だった。そういう人たちと、同じことをした。

　それきり菫さんは口を閉ざした。それでも皮膚が白くなるほどきつく握り合わされた両手や重たく伏せられた睫毛は百のことばよりも饒舌《じょうぜつ》に、菫さんの千歳さんに対する思いを語っていた。やはりふたりのあいだには愛情を超えた結びつきのようなものがあるのだ、と思い、でもそれは棘となってわたしを苛むことはなかった。そもそも棘に苛まれる必要などなかった。わたしは菫さんじゃない。ずっと菫さんのように強くない自分が嫌だった。でもわたしはわたしだ。わたしにできなくて、菫さんにはできることは山程ある。でも菫さんにできなくてわたしができることだってある。菫さんにはない種類の強さがわたしに備わっている可能性だってなくはない。

それにわたしは千歳さんのこともちゃんと見ていなかった。ずっと、やさしい人だと思っていた。けれど、それはやさしさではなくあきらめだったのではないか。不当に扱われ続けて育った千歳さんは、自分が他人からゴミ捨て場みたいに扱われるのにふさわしい存在だ、と思いこんでしまっているのではないか。

違うよ、千歳さん。いますぐあの座敷に駆けこんでいって、そう伝えたかった。千歳さんは教えてくれた。自分は駄目だ、なんて言うなと。それから、わたしの素敵じゃないところを面白くてかわいいと言ってくれた。大切なことを教えてくれたあなたはわたしの大切な人なんだと、いますぐ抱きしめて伝えたかった。

「菫さんの、あの棺桶って」

ためらいながら口を開くと、菫さんはええ、と頷いた。健太郎のね、ということばの続きはよく聞こえなかった。でも、それでよかった。わたしが中身まで知る必要はない。

董さんはまだ、俯いている。自分のことを自分で許せないと言う。だから背負っていくべきだと言う。でもそんなことを、千歳さんが望んでいるだろうか。董さんがそれを背負ったままでいることは、千歳さんにとってもまた苦しいことなんじゃないだろうか。

董さんが部屋に入ってきてからかなりの時間が経過したように感じられたが、実際には数十分程度のものだっただろう。廊下のほうで誰かのおーいスウちゃん、という声がして董さんははっとしたように腰を浮かせた。

「えっ、スウちゃん?」

そんなにかわいらしく呼ばれているんですか! と思わず言うと董さんは別に良いでしょ、ほら起きられるんならあなたも来なさい、と命令口調になったので、どうも照れているらしかった。

座敷のほうに戻ると、テーブルの上は食べ散らかした皿やらグラスやらで散らかっており、こどもと女の人たちはどこかへ消え、男の人ばかりでかたまってなにごとかをぼそぼそ喋っていた。あと一時間後に最終便のフェリーが出る、と言われて千歳さんの実家に寝にきたようなもんだな、と情けなくなった。

玄関に見送りに立った千歳さんのお父さんは「また来いよ」とわたしに言った。それほど熱烈に来てほしいとは思ってなさそうだった。わたしは「はい」と答えたが、その声もまた熱意が籠っているとは言い難かった。

一度玄関の外に出てから、わたしは意を決して振り返った。

「千歳さんのお父さん」

また声が震えそうになる。千歳さんのお父さんは顎の下をぼりぼりと掻きながら無表情にわたしを見ている。

「わたしは庭になります」

お父さんは黙っている。訳がわからないという顔をしている。それはそうだろう。でも言わずにはいられなかった。

ただひとり、わたしの言わんとするところを理解したらしい蓮太郎くんが、わたしの肩をぽん、と叩いた。

「さあ、うちに帰ろう」

帰りのフェリーでは、最初から甲板のほうに向かった。ひとりで静かにじっとしていよう、と思っていたら三人ともぞろぞろついてきた。数台設置されたベンチを見つけた蓮太郎くんが「あっベンチあるよベンチ、ほらベンチ」と菫さんの袖《そで》を引っぱり、菫さんは「ベンチベンチうるさい」と眉をひそめ、結局その後ふたり合わせて八回以上ベンチという単語を発してから、並んで腰を下ろしていた。

手すりから身を乗りだして、海面を眺めた。藍色が目にしみた。隣で手すりに背中を預けていた千歳さんが「下向いてたらまた酔うよ」と心配そうな顔をするので、あわてて上を向いた。

「海がきれいで、静かなところだったね」

島についての感想を述べると、千歳さんは軽く頷いた。

「良いことばっかりじゃないけどね。車も自転車もすぐ錆《さ》びるし、水道水はなぜか鉄の味がする」

「ふーん」

「なにより海に囲まれていて、逃げ場がない。どこにも行けない」

棺桶に、海を入れる。いつだったか、そう言っていたことを思い出した。

千歳さんの表情は常と変わらぬもので、先程と同じくふーん、と軽く流したほうがよいのかな、と一瞬迷った。迷ったけれど、やっぱり尋ねた。

「お母さんから、逃げたかった？」

千歳さんは一瞬目を見開いて、それから困ったようにこめかみを中指でさすった。

「菫さんに聞いたんだね」

うん、と頷くとそうか、と呟いてベンチのほうを見ていた。菫さんは蓮太郎くんと、なにかを喋っているようだったが、声はこちらまで届かない。

「そんなに酷い母親でも、なかったんだよ」

食事もちゃんと出してくれたし、必要なものはちゃんと買ってくれたし、命に係わるほどひどく殴られたわけでもないし、世間にはもっとむごい仕打ちを受けるこどもがたくさんいるんだから、それに比べればずっとマシって言うか、ほんとうに、どうってことなかったんだよ、と笑う。そんなことを言わせる千歳さんの母親を、もうこの世にいない人を、一瞬はげしく憎んだ。「ずっとマシ」だと心に言い聞かせ続けるような生きかたを、自分のこどもにさせてはならない。誰も、そんなことはしてはならない。

「かわいそうな人だったんだよ。いつも不満そうにしていた。こんな時代じゃなければ。こんなところに嫁いでこなければっていつもこぼしていた」

ここは自分の居場所じゃないと思いながらここ以外のどこにも行けないなんて、

かわいそうだよね。居場所なんて、自分がいまそこにいる場所以外にないのにね。

千歳さんの口調はいつものようにおだやかだった。

「許せない、とは思ってないよ。でも受け入れてもいない。理解はできる気がする。死んだとき、なんとなくほっとした。嬉しいというのとは違う。でも取り返しがつかない、という気持ちもあった。悲しい、ともまた違った」

まだ答えが出せていないのかな、ごめんね。うまく言えないなあ。千歳さんはもどかしそうに首を振った。

「いま全部話してくれなくてもいいよ。少しずつでいいよ」

手をのばして、手すりにかけられた千歳さんの腕に触れた。

「うん。五十年ぐらいかけて少しずつ話すよ」

五十年後には千歳さんは九十五歳になっている。生きていればの話だけど。

「相当、おじいちゃんなんだけど」

「五十年後なら妙ちゃんだって七十八歳でしょ、もうおばあちゃんだよ」

大差ないよ、と笑われる。全然違うし、七十代と九十代って全然違うし、と反論しかけたけど、千歳さんが楽しそうだったから、黙っていた。

それからしばらく、手すりに摑まってじっとしていた。

「まあ、つい最近、だけど」

千歳さんが突然、また喋りだした。

「大差ないって思うようになったのは。やっぱりまあ、最初の頃はこう、いろいろ考えたよね。たとえば妙ちゃんのお父さんから『君と娘はずいぶん年齢差があるし、聞くところによると大きな息子もいるそうだね。ボタン屋というのは如何《いか》ほど儲かるのかね。君は娘を幸せにできるのかね』なんて言われたらどうしようとかね。俺はいいけどね、妙ちゃんはしんどいでしょ」

「うちのお父さんはそんなこと言わないよ……」

「うん、そうかもしれないけど。あと妙ちゃんはさ、最初はそんなに俺のこと好きでもなかったでしょ」

手すりに肘をついて言う千歳さんは別段わたしを責める風でもなく、かえっていたたまれない気持ちになった。

「……千歳さんは、そんな風に思いながら、それでもずっとわたしとつきあってたの？」

うん。なんでもないことのように、千歳さんは頷く。

「だって妙ちゃんがどうあれ、俺が妙ちゃんのことを好きだ、という気持ちは変わらないし。自分をどうでもいいと思ってる相手だからって、自分も相手がどうでもよくなるわけじゃないでしょ。……そうだね、お互いが同じ種類の、同じ大きさの気持ちで、というのが理想的なはじまりなのかもしれないけど。実際そううまくはいかないでしょ。人それぞれ、事情とかあるし。妙ちゃんが俺と、どういう事情でつきあいはじめたかは知らないよ。知らないけど、でもいま妙ちゃんは、ここにいる。ここにいることを、自分で選んだんだろ。そのことをね、俺は」

俺は、とそこで言葉を切って、千歳さんが笑う。虹。やっぱり虹だ。

「俺はすごく、良かった、と思ってるよ」

千歳さんは、わたしの虹。今日は格別に、きれいに見える。

十五

島から帰って、二週間が過ぎた。

「庭に花を植えませんか」という提案をすると、菫さんはあっさりと頷いた。頷かれたことにむしろ驚き、え、良いんですか、ほんとうに？　と何度も確認してしまった。

「良い。良いような気がしてきた」

そんな風に答える菫さんは、いつもと変わらない。

チューリップ、コスモス、百合も良いけど手入れが大変そうですよね、どうしま

しょう。『たのしい庭づくり』という本をせわしなくめくりながら、お昼を食べて

いる菫さんに話しかける。

「あなたにまかせる」

あきらかに花より目の前のオムライスに心を奪われている様子で、菫さんは適当

な返事をした。

「じゃあやっぱり、最初はスミレの花を植えましょうか」

「なんて安直な！」

まかせると言ったくせにそれは許せないらしく、眉をぴくりと動かす。

翌日から、とりあえず生え放題にしていた草をむしった。全てむしってしまうの

に一週間かかった。ヤマボウシの木の下にベンチを置き、寄せ植えの鉢をいくつか

並べると雰囲気が随分明るくなった。

店休日の今日は、花壇を作る予定なのだった。蓮太郎くんに電話で頼むと、あんたわりと人遣い荒いねとぶつくさ言いながら、千歳さんとともに煉瓦《れんが》とセメントを買いにいってくれた。

「遅いね、あの子たち」

並んでベンチに座り、ふたりを待つ。菫さんに言わせれば息子も千歳さんも「あの子」なのだった。

「そうですね」

菫さんは、眩しそうに木を見あげている。ハンカチで顔を扇ぎながら。

「そういえば、健康診断の結果どうでした」

なんとなくまがもたないので尋ねてみる。

「どうして」

「べつに。菫さんにはずっと元気でいてほしいですから」

「嫌ね。敬老の日みたいなこと言わないで頂戴」

本気で不快そうにしているので、あわてて話題を変える。

「庭の、あのあたりに蔓《つる》薔薇のアーチとか、作りませんか」

「ええ」

「向こう側は、ハーブガーデンにしましょう。カモミールとか。お茶にして、出すんです」

「ええ」

「ベンチの傍にテーブルを置いて、お茶を飲めるようにしたら、お客さんたち喜ぶと思うんですよね」

「そうね」

「で、ベンチの隣にスミレを植えましょう」

「だからそれは駄目よ！　安直よ！」

やっぱりスミレの花だけは頑なに拒否する。

「田中さんは随分庭にこだわるけど、どうして？」

菫さんが前を向いたまま尋ねた。

「わたし、ここにいる、って決めたので」

答えになっていないかな、と思いながら言う。菫さんはただ「ふうん」と頷いただけだった。

この庭。

「いろんな人が、来ましたよね」

「そうね」

　菫さん、と呼ぶと、菫さんが訝しげにわたしをじっと見る。

「埋めて良い、と思います」

　菫さんは、自分のことを許せていない。だからずっと背負っていかなきゃいけない、と言ったけれども。

　この庭に棺桶を埋めることは、忘れ去ることとは違う。なかったことにしてしまうこととも、違う。だから。

「だから、菫さんはあの棺桶を埋めて良い、と思うんです。わたしは」

　みじかくないあいだ、菫さんは庭を眺めて黙っていた。

「そう」

「そうね、そうしましょう」ではない。「そうね、でも駄目」でもない。「そう」と菫さんは、ただそれだけしか言わなかった。でもただそれだけ聞けば、じゅうぶんだった。

　ふわり、と風が吹いて木の葉が揺れた。木漏れ陽が額や頬に降り注いで、どんな宝石よりも美しく菫さんを飾っている。

「菫さんは、とてもきれいです」

いまならちゃんと伝えられる。菫さんは眉をかすかに動かす。

「一体なんなの、さっきから。気味の悪い」

「べつに。思ったことを言っただけです」

「時給は上げないから」

「やっぱり」

うなだれて見せると菫さんは愉快そうに、にやと笑う。

車のエンジン音が近付いてきて、とまる。庭に入ってきた千歳さんと蓮太郎くんが、まったく同じタイミングでわたしたちに向かって片手を上げた。

夢の種

ない。ないんだよ。どこにもない。足の踏み場もないワンルームに俺ひとり。でも声に出して言わずにはいられない。帆布の鞄をひっくり返しても出てくるのは糸くずとほこりだけだ。何度見ても、ない。

どこかに落ちてる？　床に脱ぎ捨てたTシャツや靴下や積み上げた漫画、テーブルに置きっぱなしの昨日使ったコップとおととい使ったコップ、くしゃくしゃのレシートと小銭、寝汗でよじれた敷き布団と夏掛け、どかしたり持ち上げたりして捜すけれども、どこにもない。俺のペン。

部屋の中にないとすると、外で落としてきたということになる。ああ、と呻いて両手で頭を掻き毟った。俺のペン。

いいじゃないか。俺の頭の中に住んでいるもうひとりの俺が言う。どうせ、埋めるつもりだったんだから。埋めて、終わりにするつもりだったんだから。

そうだ。確かにそうだ。でもちゃんと自分で「終わらせる」のと、「終わってしまう」のは違う。全然、違う。

昨日、ビオレタという店に行ってきた。そういう店がある、と耳にしたのは半年前のことだ。高校の同級生の田中から聞いたのだった。数年前に同窓会で顔を合わせた際、田中が俺の住む街へ転勤してきたばかりだと知り、当時はよくふたりで飲んだが、最近は連絡をとっていなかった。その田中からひさしぶりに飲まないか、と電話がかかってきた時、俺は最初断ろうとした。田中はまあまあでっかい会社に勤めていて、たしか既に結婚もしていたはず、だから。

　だって田中はきっと「元気だった？」からはじまって、「お前いま、仕事何やってんの？」と尋ねるだろう。居酒屋のカウンターか何かで、おしぼりで手を拭きながら言うだろう。俺が正直に答えるとする。警備員のバイトだよ、と。そしたら田中は絶対「バイトぉ？」と店内に響き渡るようなでかい声で言うに違いない。

「まじで？　俺たちもう三十歳だぜ、しっかりしろよ、まさかお前まだ漫画家目指してんのか？」などとも言う。絶対言う。

「おいおい、いい加減現実を見ろよ、あっそうだこれ見てよ（ここでスマホを取り出す）これ、うちの娘。かわいいっしょ、もうハイハイしはじめたんだぜ、成長早過ぎ～」みたいなことも言うに違いない。子どもがいるかどうかは知らないがいたら確実に言う。

　だから、断ろうと思った。田中が特別にイヤミなやつだったとか、そういうわけではない。若干なよなよしているけれども、至って気の良いやつだった。でも俺はここ数年他のやつらにもう何度も何度も同じようなことを言われ続けている。俺にそんなことを言ってきたあいつらだって、別にイヤミな人間だったわけではない。それでも、そのやつらをして「いい加減に現実を見ろ」と言わせてしまうものが俺にはある、ということなのだと思う。あいつらは悪くない。もちろん俺も悪くない。ただ住む世界が違ってしまった人間と会わなければ、それで済むことなのだ。

というわけですっかり昔の友だちと疎遠になっている俺は、田中にも迷わず「いやちょっと、無理かな」と告げたのだった。

しかし田中は更に畳みかけてきた。「頼むよ、ちょっとでいいから」という声が、ワンルームいっぱいに響く。俺の携帯は十年ぐらい使っている二つ折りのもので、スピーカーか何かが壊れているらしく、音が周囲にまる聞こえになる。三年前ぐらいからその状態なのだが、金がないので修理には出していない。

頼むよ、と繰り返す声の調子が、やけに切実だった。何か困っているんじゃないか、とすこし気になり、それで結局、会うことにした。まさか借金の申し込みではなかろうし。申し込まれても貸す金はないし。

駅で待ち合わせた時、スーツを着て現れた田中を見てまず、薄い、と思った。ひさしぶり、ではなく。存在感が、とても薄い。むこうがわの景色が透けて見えそうだ。

こんなやつだったかな、と思わず首をひねった。近くで見ると目の下が黒ずんでいて、ひどく疲れているようだった。サラリーマンには俺の与り知らぬ苦労があるのかもしれない、と思った。

居酒屋の、カウンターではなく壁際のテーブルに向かい合って飲みはじめたが、田中は先だって俺が予想したようなことを一切言わなかった。高校の頃の、マラソンの授業はだるかったよなとか、家庭科の先生がかわいかったよなとか、そんなことばかり二時間ぐらい喋った。疲れた顔をしている田中は、しかしよく笑った。「マキはおもしろいなあ、相変わらず」と、昔と同じように俺を呼んだ。「真樹」という名の俺を「マキ」と呼ぶのは親しい友だちだけで、つまり最近は殆ど耳にすることのない呼び名だった。

よかった、と思った。田中は昔とすこしも変わってない。俺の近況を聞いても馬鹿にしたりしなかった。へえ、がんばってるんだな、と頷いただけだった。

やっぱりこいつ、仕事や何やでちょっと疲れているだけなんだな、と思った。だから「お前は？　奥さん元気？」と尋ねたのだった。わりあい、軽い気持ちで。

田中は一瞬、すこしだけ困ったような顔をして、「うん。死んだ。事故で」と言って、手にしていたジョッキを置いた。

そうか、と俺は答えたと思う。ごめん言い出せなくて、と田中は頭を下げ、こっちこそなんかごめん、と頭を下げた。

それから、飲んだ。ずいぶん飲んだ。田中も同様に。ずいぶん飲んだ俺たちはずいぶん酔い、ことに俺は手元が二重に見える程に酔い、もう帰ろうか、と言いかけた時に田中がいきなり顔を上げて「ビオレタっていう店があって」と言い出したのだった。

学生やらサラリーマンやらでにぎわう店の喧騒の中で、その声はやけにくっきりと聞こえた。

「ビオレタっていう店があって、箱を売ってるんだって」

田中はなぜ突然こんな話をするのだろう、と思いながら俺は頷いた。

「俺もまだ行ったことはない。人から聞いたんだ。箱を買って、それで、埋めていくんだって。そこの庭に」

「買った箱を埋めていくの？　は？　なんで？」

ああ、と田中はそこですこし笑った。上半身が前後に揺れていた。

「棺桶なんだって、その箱」

「……なんだそれ」

「思い出の品とかさ、あるだろ。大事だけど、持ってちゃいけないものとかさ。ごみ箱には捨てられないものがさ。わかるだろ。そういうのを、埋めていくんだって。わかるか」

「よくわからん」

そこでいきなり、田中はテーブルにつっぷした。肘が小皿にあたって、醤油のしみがついた。震えながら泣いている田中は、とても小さく見えた。俺の目の前でそうしているあいだにも、どんどんその存在感は希薄になっていくように思えた。このまま薄くなり続けてついには身体が透明になって、この世から消えてしまいそうな気がして怖くなった。

「田中泣くな」

大声を出して揺さぶった。

「行って来たらいいだろ、そのへんな、洗顔フォームみたいな名前の店に。どこにあるんだ、教えろ」

なんなら俺が今から担いで連れてってやる、と言うと、田中は「夜だからもう閉まってるよ」と存外冷静に答え、「担げるわけないだろ、ベロベロに酔ってるくせに」と続けて、やっと笑った。

その店は住宅街にあるんだって、とその後外に出てコンビニで買った水を飲み飲み歩きながら、田中は言っていた。ぱっと見普通の家で、店への入り口がわかりづらいんだって。それで、なんていうの、普通の雑貨屋らしいんだけど、希望する人にだけ、その箱を売ってくれるらしいよ、などと。

あやしげな店だな、と言うと田中もそうだな、と同意する。でもこいつは行くんだろう、と思った。もし俺がやめとけよ、と止めても、きっと行く。

田中は突然かしこまると今日はありがとう、と言って頭を下げた。

「マキに会えてよかったよ」

そうだな、と頷く俺を見てちょっと笑う。マキはいいやつだから、と小さな声で呟いた。

「だから、絶対馬鹿にしないで聞いてくれると思った、マキなら。ごめんな、変な話して。ごめんな」

俺は何と答えていいかわからず、結局「うるせえ」というよくわからない返答をしてしまった。

タクシーに乗って帰って行く田中を見送ってから、俺はふた駅ぶんの距離を歩いて帰った。星のない空の下をふらふら歩きながら、ひとりだ、と思った。田中も、これからひとりの家に帰る。でも俺なんて、ずっとずっとひとりだ。ひとり。なかば当たり前のことのようになっていたその事実が、その夜はやけに沁みた。

以来田中からの連絡はなかったのだが、先月だったか先々月だったか、「この間は迷惑かけたな。もう大丈夫だから」という電話をかけてきた。口調はしっかりしていたし、大丈夫だと言うなら大丈夫なのだろう、と思った。その店に行ったのかどうかは、あえて確かめなかった。また飲もうな、と言う田中もまた、その店の話をしなかった。

それきり、昨日までそのへんな店のことは忘れていた。俺には縁のない話だ、と思ったのだ。なんせ俺には妻も子もない、というか恋人もいない、定職もない、借金もないが貯金もない。あるのは漫画への情熱だけ。捨てられないものなんて、ない。そんなものは、たくさんのものを手に入れたやつの苦悩なのだ、と。

十六歳の頃に漫画家になると決めた。それ以前から描いてはいたが、あくまで自分が楽しむためであって、「将来の夢」として意識したのは、やっぱり十六歳の頃だ。なれると思っていた。子どもの頃から絵画のコンクールで何度も入選していたし、俺のギャグセンスはなかなかのものだ、という自負もあった。教科書の隅に描いていたパラパラ漫画を見咎めた教師が取り上げた教科書をめくりながら「お前なあ」と怒ろうとして「ブフッ」と吹き出してしまいそれ以上説教を続けられなくなったこともある。

それから十四年。アルバイトで食いつなぎながら、漫画を描いては投稿を繰り返し、そして落ち、泣き、を繰り返してきた。収入と時間の殆どを漫画に費やしてきた。いつかは、と思っていた。いつまでこんなことを続けるのだろう、と思いながら、でもいつかは、と。十四年間、ずっと。周りの人間が結婚したり親になったり家を建てたりあるいは昇進したり起業したりして大人の階段をガンガンのぼっていく間、ずっと同じ場所にとどまって、漫画を描き続けていた。投稿する、落選する、今度こそ、と奮起する、また落選する、を何度も何度も何度も何度も繰り返すうち、最初の頃はそれこそ綱みたいに太くて強固だった俺の気持ちがだんだん摩耗して糸みたいに細くなっていった。でもまだいける、と思っていた。思おうとしていた。

しかし先週の金曜日、その糸がぷっつり切れてしまった。俺も応募していたとある雑誌の新人賞の受賞者の、十六歳という年齢を見た瞬間に。

さすがに呆然とした。俺が漫画を描きはじめた時、まだ二歳だった子どもに負けたのだから。俺が漫画家になると決めた年齢でもうデビューしてしまうのだから。

才能がないやつがいくら努力しても無駄。

この言葉は、俺に向けられたものではない。受賞者の名前を検索した際にヒットした掲示板に書きこまれていた。そこに集う漫画家志望者を煽るための、つまらない書きこみ。でもその言葉は、俺を殴った。パソコンの画面を閉じても、バイト中や、食事中や、布団に入って目を閉じた瞬間などにふいに現れて殴りかかってきて、そのたびに耳がきいんと鳴って、気が遠くなった。才能。才能。才能がない。無駄。無駄。無駄無駄無駄無駄。そうだ。無駄なのだ全くの無駄だったのだ一ミリの才能もないくせに無駄な努力を俺はずっとしてきたのだ十四年間も。

落ちこむとわかっていながら、パソコンに向かうとついまた検索をしてしまう。いつから俺は、何か思うところがあるたびにとりあえず検索をするようになったのだろう。

「三十代　年収」

「三十代　貯金」

いずれも俺にとって有益な情報の得られない単語を、検索バーに打ちこむ。

「漫画家　年収」で検索したら、俺の嫌いな有名漫画家の年収が数億だという記事を見つけて、めまいがする。こいつの漫画、どれも全然面白くないのに。どの漫画もヒロインみんな同じ顔だし。

　もう、きっぱりやめてしまおう。こんな生活。だって俺には才能がない。あるんならとっくに、デビューしている。そう思ったら突然何もかも、ばかばかしくなった。

　手はじめに自分のブログを閉鎖した。ネット経由のデビューを期待して、自作の漫画をアップしていたものだが、もう終わりだ。どうせアクセス数だって、日に二十ぐらいしかないし。たまにコメントがついたかと思えば何かの宣伝だし。

　パソコンの電源を落として顔を上げたら、冷蔵庫の前に置いた段ボールが目に入った。実家から、畑で穫れた野菜が送られてきたのだ。ひとりでこんなに食えねえよ、といつも言っているのに、毎度箱いっぱいにつめて送ってくる。

　段ボールの側面には、八歳の甥っ子である颯斗が描いたと思われる某アニメのキャラクターが力強くガッツポーズをきめていた。ふいに、泣きそうになる。

　正月に顔を合わせた際に「真樹おじちゃん、有名になる前にサインちょうだい」などと言ってくれた颯斗、お年玉がたったの五百円だったのにニコニコと「ありがとう」と言ってくれた颯斗、すまない颯斗、真樹おじちゃんのガッツはもうゼロだ。

机の抽斗から、いままでに描いた作品をすべて出した。読み返して、羞恥に息がつまる。駄作。駄作、駄作、これも駄作、駄作駄作駄作駄作みんなクソだ。全然おもしろくない。俺はどうしてこんなものを「絶対いける」と自信満々で投稿できたのだろうか。何のために睡眠時間やその他のありとあらゆるものを削って、こんなものを描いていたのだろうか。恥ずかしくなって、びりびりと破いた。今まで使っていた道具、インクにトーンに羽ぼうき、全部ごみ袋に放りこんだ。

でも手が一本のペンに触れた時、動きがとまった。それは十六歳の俺が、はじめて小遣いで買ったものだった。使える金が限られていたから、Gペンと丸ペンのペン先とペン軸だけを買って帰った。帰り道の足取りは、羽が生えたみたいに軽かった。夢への第一歩、というよりこのペンが夢そのものである気がした。ペン先は消耗品だからもちろん何度も替えたし、丸ペン用のペン軸は誤って折ってしまったため、現在も残っているのは、このGペン用のペン軸だけなのだった。

木製の黒色の胴体の、いつも握る部分は塗料が剝げて肌色になってしまっている。それよりすこし上のほうに、流れ星のかたちをしたシールが貼られている。それは俺の過去ただひとりの恋人ことなっちゃん当時十七歳が貼ったものだった。

放課後の教室で将来の夢を打ちあけた際、なっちゃんは「夢が叶うように、流れ星だよ」と泣かせる且つかわいいことを言いながらこのシールを貼って、にっこり笑ったのだった。なっちゃんが北海道の大学に入るとともに音信不通になって別れた。今ではふたりの子どものお母さんだと風の便りに聞いているけれども、なっちゃんとの交際は、俺の人生でも数少ない美しい思い出のひとつだった。

だから、これだけはごみ箱に捨てられない。どうしよう。

そこで、田中が言っていたビオレタという店のことを思い出したのだった。そうだ、その店に行こう、と思った。箱を買って、埋めさせてもらって、そしてきちんと決別しよう。バイトを辞めて、アパートを引き払って実家に帰ろう。俺の家はここから三百キロ以上離れた山奥の町で農業をやっている。親父も、祖父も、その前の代も、ずっと。親父は十年以上前に死んで、今は五歳年上の兄貴が継いでいる。

兄貴はきっとやりたい仕事もあったのだろうが、結局「長男だから」という理由で家を継いだのだろうと思う。はっきりそう言われたことはないが、責任感の強い男だから、絶対そうに違いない。兄貴は、真樹は好きなことを仕事にしろよ、と笑顔で送り出してくれた。それを思い出すと、また心が痛んだ。これからはせめて兄貴の役に立てるよう、せいいっぱい働こう。

そうだ、兄貴に電話しなきゃ。帰ってきてもいいか、と。だが三回コール音を鳴らした後で、切ってしまう。やっぱり兄貴に話すのは、ペンを埋めた後にしよう。とはいえ、俺は田中から聞いた話にたいして、まだ半信半疑ではあった。あの時田中はひどく酔っていたし、落ちこんでもいた。そんな店、本当はどこにもなくて、あいつの妄想だったっていう可能性もあるし、などと思っていた。

駅の西口を背にして、コインパーキングが見えたら左折して、最初の十字路を右折。北村、という表札の下にちいさな『ビオレタ』という看板がある。田中の話を思い出しながら、その道を進んで行った。俺の住むアパートから歩いて行けない距離ではなかったから、暑さをこらえてテクテク歩いて行ったのだった。

なくても不思議ではない、と思っていたのだが、しかしその家はあった。妄想じゃなかった。俺は家の前に立って、思わず息を呑んだ。どこかで蟬が、うるさいぐらい鳴いていた。

ビオレタ、という文字の下に右向きの矢印。ただひとつ計算違いだったのは、その看板の下に「本日草むしりのため臨時休業」の貼り紙がしてあったことだ。

草むしりのため臨時休業って、なんだそれは。頭を抱えた時、声が聞こえた。家の右手のほうから、その声は聞こえてくる。やっぱりすみれが、でもすみれは、となぜだか盛んにすみれすみれと言い合っているのだった。

右手のほうに歩いていった。塀が低いので、庭であるらしいその場所は覗きこまずとも見える。でかい女とちいさい女が、中央に木が一本あるきりの、だだっぴろい庭にいた。

でかい女、と言っても縦に長いだけで、痩せている。腰に両手を当てて立っていて、時折首からかけたタオルで汗を拭いていた。俺と同じぐらい背がありそうな気がする。つまり百七十センチは超えているはずだ。

ちいさい女のほうは反復横跳びのような動きをしながらでかい女の顔を覗きこんで鬱陶しがられているらしく、しかし本人はそれに気づかぬ様子で両手をばたばたさせながら、すみれの花はかわいいし丈夫だ、というようなことを懸命に主張しているのだった。あれに似てるな、と思った。子どものおもちゃで、小型犬のぬいぐるみに電池が入っていて、スイッチを押すとちょこまか動いてキャンキャン吠えるやつ、あれに。

そんなことを考えていると、でかい女のほうが突然俺のほうを見た。あ、と思っているとずんずん近づいてくる。

「ご用ですか」

声がとても野太い。不思議なことに女が声を発した瞬間、ぴたりと蝉の声がやんだ。近くで対峙すると、異様な貫禄がある女だ。なんというか、春日局的な。大奥総取締的な。いやもちろん会ったことはないのだが、イメージとしての、春日局。

「あ、あの、あの、は、はは、箱を……ここ、これをうう、埋めたくて」

気圧された俺は信じられない程声を裏返らせながら、それでも鞄からペンを取り出して、見せた。大奥総取締はペンをじっと見た後、くるりと振り返ってちいさい女を「田中さん！」と呼ばわった。小型犬のぬいぐるみが慌てたように駆け寄ってきて「菫さん。お店、開けましょうか」と言ってでかい女を見上げる。

菫って名前なのか。あんまり似合っていない気がするけど。という俺の心の声が聞こえたかのように、「菫さん」は俺に鋭い視線を向けた。顔の横に「ギロ」という効果音を入れてやりたくなる。

「いや、えっと、い、い、いいです、やっぱり、いいです」

俺は反射的に、手を顔の前で振った。

「え」

右眉の上と鼻の頭に泥をつけた「田中さん」（くしくも田中と同じ名字だ）は俺と「菫さん」を交互に見る。一体どんな風に草をむしったら、そんなところに泥がつくのだろう。

「じゃあ、あの、お取り込み中失礼いたしました」

俺は急いで、そこを立ち去った。殆ど、走るようにして逃げ出した。べつに「菫さん」におそれをなして逃走したわけではない。ふたりの女の背後に見えた庭を畏れたのだ。あの土の下には、いろんな人の怨念みたいな情念みたいなものが埋められているのだ。そう思ったらぞっとしたし、そんなことを平気で請け負っているあの女たちも不気味に感じられた。

走って走って走り続けてアパートに帰りついたら汗がどっと噴き出てきて、水道の水をごくごく飲んだ。急にものすごい疲労感におそわれて、そのまま布団に倒れて寝てしまった。そして目覚めたら、すでに翌朝の十時になっていたのだった。あ、ペン、どうしようかなあ。と鞄を覗きこんではじめて、なくなっていることに気がついた。

外で落としたのだとしたら、途中の道か。それとも、あの店の前か。俺はペンを見せた後、鞄にちゃんと入れただろうか。それすら定かではない。

スニーカーを履いて、外に出た。夏の午後二時、日射しは苛烈をきわめている。

暴力的と言っていい。帽子を被ってくればよかった。持ってないけど。せめて水を
飲んでくればよかった。腹も減ったし。俺は顔をしかめながら、小走りでビオレタ
を目指す。
ビオレタ、という看板の下には、今日は貼り紙がなかった。これ勝手に入ってい
いのかな、と門扉に手をかけながら悩んでいると家の右手からちいさい女が歩いて
きた。俺に気づくと「あ」と言う。
そうだ確かこの人は「田中さん」だ、と思い出していると、「よかったー」と言
いながら田中さんは門扉をガチャガチャ鳴らして開け、手のひらを水平に身体の右
側へ動かした。
「どうぞ、中へ」
どうぞどうぞ、ぜひどうぞ、と十回ぐらい繰り返す田中さんにたじろぎつつ、足
を踏み入れた。目の前に家の玄関があるけれども、田中さんはそこへは入らずに、
昨日見た庭のほうへ進んでいく。
庭に入って家のほうに向き直ると、店らしきものがあった。木枠にガラスの嵌っ
た引き戸が開くと、一瞬くらっとした。ぬいぐるみだとか、ピカピカしたアクセサ
リーのようなものだとか、ちいさい鞄とか、とにかく女の人が喜びそうなものがず

らりと並んでいて、まぶしい。きらきらしていやがる、という感じがする。

それから、棚いちめんに並んだ箱。田中が棺桶だなんて言うから、ドラキュラの眠っているあの十字架の描かれた棺みたいなものを想像していたけど、ちょっとした小物入れのようだった。絵が描いてあったり、刺繍の入った布が貼ってあったりする。

「これ」

古めかしいレジの置いてあるカウンターの向こう側に入った田中さんが何かを取り出した。見ると、両手のひらの上に俺のペンがやわらかそうな布に包まれて鎮座していた。

「大事なものですよね、これ。塀の外側に落ちてました」

俺に向かって、差し出してくる。

「べつに、大事じゃないです」

受け取りながら、軽い、と思い、思ったことに驚く。はじめて手にした十六歳の時、なんて重くて使いにくい道具なんだろう、と思ったのに。きっともう亡骸になってしまったのだ。俺の夢が死んだから。

頭の奥と目の奥がずきずきと痛い。喉の奥、腹の奥、とにかく身体の内側が痛む。

「大事じゃないのに、埋めるんですか？」

田中さんは不思議そうに、何度もまばたきをしている。答えようとして、俺は声が出ないことに気づいた。喉がからからに渇いている。

「大事じゃないのに、わざわざ取りに来たんですか？」

そう言った田中さんの背後の扉、俺たちが入ってきたのとは別の、カウンターの向こうの扉が勢いよく開いて、例の「菫さん」が現れた。

「田中さん！」

菫さんは入ってくるや否や田中さんに覆いかぶさらんばかりに近づいて、怒り出した。早口過ぎて殆ど聞き取れなかったが、要するに「客にあれこれ質問をするな」という趣旨の説教らしかった。にしても、そこまで怒らなくてもいいじゃないかと思う。

「あの、俺、大丈夫、ですから」

咳払いを繰り返して、やっとのことで声を出した。そんなに怒らないであげてくれ、と言いかけた俺に、田中さんが向き直る。

「心配しないでください。いつもこうなので」

「いつもこうだから、問題なのよ」

菫さんは腕組みをして、唇をかたく結んでいる。田中さんがまた何かを言いかけた時、俺の目の前に小さな白い星がいくつも現れて、一斉にまたたきだした。

「星が」

俺が呟いたのを聞きとがめて、ふたりが同時に「星が?」と言うのが聞こえたが、答えることはできなかった。膝から力が抜けて、そのままゆっくりとその場にくずおれた。星が消えて、世界がまっくらやみになった。

完全に気を失ったわけではなかった。ちゃんと覚えている。田中さんが騒いでいたこと。力強い腕(たぶん菫さん)が俺の両脇にさしこまれて、どこかに引きずって行かれたこと。額に冷たいタオルをのせられたこと。口にストローを入れられたこと。スポーツドリンクみたいなものが入っているらしいボトルを、胸に押しつけられた。飲んで、さあ飲んで、という野太い声が耳元でするので、がんばって飲んだ。

「熱中症でしょうか、菫さん」という声がして、「おそらく」と答える声が続いた。

そうか、起きてから何も飲み食いしてなかったし、暑いなか走ってきたからだな、とずきずき痛む頭で考える。風が顔に当たるな、と思って薄目を開けたらどうやら田中さんがうちわであおいでくれているらしかった。懸命な顔でぱたぱた、ぱたぱた、と左右に動かしている。

「病院に連れて行きましょうか」

田中さんの送ってくれる風がかなりの強風なので、どうにも目が乾く。目をつむって、やっとのことで「大丈夫です」と声を出す。起き上がろうとしたら、強い力で押し戻された。

しばらく寝てなさい、と命令され、俺はもうだんだんどうでもよくなってきた。

いいや、もう。目を閉じて、息を吐いた。

「菫さん。これ、変わったペンですね」

「そうね」

俺が眠ったと思っているらしく、しばらくしてからふたりは小声で喋り出した。

「……というか、本当にこれはペンなんでしょうか」

「ペンじゃなきゃ一体なんなの」

「だって先っぽが鋭利過ぎるというか……武器っぽいというか」

武器じゃねえよ、と思いながら聞いているうちに、ほんとうに眠ってしまった。

ふたたび目を開いた時、天井が見えた。細長い天井だな、と思って周りを見渡すと細長い廊下だった。身体の下には布団。両脇に扉。

一体なぜ俺は、廊下に布団を敷いて寝かされているのだろうか。上体を起こして呆然としていると、向かって右側の扉が開き、菫さんが顔を覗かせた。そちらの扉はどうやら、店に続いているものらしい。

「起きた」

その言葉は俺に対して言ったものではない。俺の、向かって左側の扉へ怒鳴ったのだ。左側の扉が開いて、田中さんが出てきた。さっきはしていなかった、赤いエプロンをしている。だからきっと自宅の、台所かどこかに繋がる扉なのだろうと思う。

「ここがいちばん涼しいので」

菫さんが俺を見おろして言ったことの意味が、最初わからなかった。すこし考えて、この家の中では廊下がいちばん涼しい場所なのでここに寝かせました、と言っているのだと理解し、ああ、どうも、すいません、とぼそぼそと礼を述べた。

「スープありますけど」

田中さんが俺に向かって、スープ、と繰り返した。じゃがいもを裏ごししたやつですけど、胃にやさしいと思いますけど、どうします飲みます？　と言われたので、ちょっと考えて、いらないです、と答えると田中さんはわりとあっさりと頷いて、引き下がった。

枕元に、俺のペンが置かれていた。その隣に、細長い箱があった。紙でできているのだろう。蓋には木々や花や鳥が描かれている。どうやらこれが、俺のペンを埋葬するために選ばれた「棺桶」であるようだった。

すぐに土の下に埋めてしまうのに、ずいぶん手のこんだことをするんだな、と驚いた。

ものすごく上手なわけではない、とその絵を見て思う。上手か下手かで言ったら、たぶん俺のほうが上手い。それなのに、なぜかこの絵から目が離せない。これが、惹きつけるものがある、ということなのか。

「その絵、菫さんが描いてるんです」

なぜか誇らしげに田中さんが言う。

「へえ、すごいですね」

答えて、胸がちかりと痛んだ。どうやら俺は嫉妬をしているらしかった。才能のある人間が、死ぬほど妬ましい。俺にないものを持っている人間は、全員、妬ましい。

「すごいですね」

あえて、もう一度口に出す。そうすることによって、まだ自分の奥にくすぶっている嫉妬心を全部燃やし尽くして、灰にしてしまいたかった。

菫さんはそれには答えずに、ただ「動けそうなら、庭に行きましょうか」とだけ言う。俺が頷くと、立ち上がって、また店のほうに戻って行った。

何でもいいのでペンと、それから紙をもらえませんか、と田中さんに頼んだ。最後に一枚だけ絵を描いて、それを一緒に埋めてやろうと思いついたのだった。最後にこのペンを使ってやりたくもあったが、インクもないし、仕方ない。田中さんはボールペンと、小さなスケッチブックを持ってきた。

「何か描いてほしい絵とか、ありますか？」

俺の問いに田中さんは首を傾げて、考えていた。

「じゃあ、柴犬」

柴犬、と繰り返すと、田中さんは生真面目な顔で頷く。

「……好きなんですか？　柴犬」

スケッチブックをめくりながら尋ねると、田中さんは「え、あ、はい」と頷いて、なぜかゆっくりと赤くなった。

　実家でも昔、犬を飼っていた。もう死んだし、柴犬じゃなかったけど。勝手に畑に入って行って、親父に鍬の柄で押し戻されていた。そんなことを思い出しながら描いたから、柴犬の顔は、あの犬に少し似てしまった。

　線を一本描き足すごとに、痛んだ。絵を描くのは、これが最後なんだと思ったら痛んだ。胸の奥やボールペンを握る指先や、あらゆる部分が痛んだ。最後なのに、自分の手がいきいきと動くことがつらい。これで最後なのに、絵を描くことを、俺は楽しんでいる。やめたくない、まだ描いていたい、と動き続けている。目の前が霞みそうになって、急いでまばたきを繰り返した。

　ようやくペンを動かすのをやめた俺の手元を覗きこんで、田中さんが「わあ。すごい」と感嘆したように小さく叫んだ。

「すごく上手ですね」

　きまりが悪くなってきて「別に」と俯きながら絵をスケッチブックから切り離した。褒められてきまりが悪くなったのではなく、心の隅でこういう称賛を期待しながら描いていた自分に気づいたせいだ。

「もっと上手な人は、いっぱいいるし。それに、上手なだけじゃ漫画家になれないし」


絵を細長く折り畳む。箱の蓋を開けてペンを入れ、その上にかぶせた。

「ずっと漫画、描いてきたんですけどね。才能ないんです。何回落ちたのか、もう覚えてないぐらい、落ちてんですよ、俺。だからもう、やめるんです」

「そうなんですか。何だか、もったいないですね」

田中さんが俯く。

「でもプロにならなくても、描いている人はいるんでしょう？」

「趣味と割り切って、ってこと？　プロになれなきゃ描く意味ないですよ」

「え？　どうしてですか？」

どうしてって。あらためて問われると、返答に困る。田中さんは若干寄り目になりながらうんうんと唸って悩んでいたが、いきなり顔を上げて「あ、経済的な問題ですか？」と無邪気に問うてくる。俺は思わず「べべべべ、べっ、別に？　金が目的じゃないですからね」と声を裏返らせた。

年収数億の漫画家に醜く嫉妬したくせに、「もっとこう、描かずにいられない衝動っていうか……こう、湧き上がってくるものなんですよ。描きたいっていう気持ちが。わからないかもしれないですけど」などと一席ぶつ。

「え、じゃあ……描けばいいと思うのですが」

田中さんの目がまた寄りつつある。どうやら悩むと、そうなるらしい。いや、だめなんです、と俺は首を横に振る。

「とにかく、もうやめるんです。わかったんです。才能のないやつが、努力したって無駄だって。それに、実家帰って、兄貴の手伝いするのも悪くないな、と思って。あ、普通の農家なんですけどね。最近、農業も悪くないかなって。はは」

また扉が開いて、菫さんが顔を出した。

「埋める準備ができました」

田中さんは「すぐ行きます」とそちらに向かって言い、それから、俺に向き直って、口を開いた。

「農業の才能ならあるんですか？」

農業の才能？　って、なに？　絶句している俺から視線を逸らして、田中さんはゆっくり立ち上がった。怒ったような顔をしている。

「……田中さん？」

菫さんが咎めるような声を出すと「わかってます、大丈夫です、わかってますから」と少しも大丈夫ではなさそうに答え、左側の扉の奥に消えた。その様子を物言いたげに見送ってから菫さんも扉をゆっくりと閉め、俺はひとり、廊下に取り残された。と思ったら田中さんが、すぐに白い器を四角いトレイにのせて戻ってきた。

「おなかが空いてるんですよ」

などと言って、トレイをぐいぐいと押しつけてくる。さっき言っていた「じゃがいもを裏ごししたやつ」のスープらしかった。木の匙も添えられている。

おなかが空いているからそんなことを言うんです、という田中さんの発言の意味がよくわからないまま、俺はそれを飲んだ。とろりとしていて、ほんのり甘くて、おいしかった。ただものすごく熱くて、息を吹きかけて必死で冷まさねばならなかった。

ふうふうと吹きながら、田中さんの様子を窺う。唇をくちばしのように尖らせて、拗ねた子どもみたいな顔をしている。感情がすぐ顔に出るタイプらしい。

「怒ってます?」と訊くと「怒ってません」と答えるが、その口調が完全に怒っている。

「……だって、自分より上手な人がいるからやめる、って、なんか違うと思います」

田中さんは、自分よりすごい人なんてどこに行ってもいる、自分も毎日菫さんにはかなわない、と思いながら働いている、というようなことをぼそぼそと言い、俺はそれを聞きながらだんだん腹が立ってきた。あんたに何がわかるんだ。落としたペンを拾っておいてくれたし、うちわであおいでもらったし、スープももらったけど、あんたは赤の他人じゃないか。俺の何がわかるっていうんだ。

「だって、苦しいんですよ」

俺が声を荒らげると、苦しい、と繰り返して田中さんは黙りこんだ。

「そうです。苦しいんです。ひとりで、ひとりで描いて、誰にも読んでもらえなくて、落ちて、それ受け止めるのも、やっぱひとりで。ひとりで足掻いて、どうやったらここから抜け出せるのか、ヒントさえ摑めなくて」

欲しがらなければいいんだ。そう気がついたんだ。欲しがらなければ、手に入らないことを嘆かずに済む。

田中さんは、じっと俺の顔を見ていた。そうして小さく息を吐いて、「庭に行きましょう」と、ただそれだけ、しずかに言った。

庭に出ると、菫さんが大きなスコップを土に突き刺してそのすぐ隣に仁王立ちしていた。傍らに、折り畳みの椅子が置いてある。

菫さんはまず俺に椅子に座るように促して、田中さんには「また倒れるといけないから、その人を見てて」とびしりと指示を出した。

太陽は既に傾き、庭はほとんど日陰に入っていたが、むしむしと暑かった。傍らに立った田中さんがうちわで俺に風を送り続けるので、申し訳ない気分になる。

「あの、もう、大丈夫、ですから」

制止しても、田中さんはむきになったようにあおぐ。

軽々とスコップをふるう菫さんの背中を見ていたら、死んだ親父を思い出した。

朝から晩まで畑にいた。「蒔いた種は必ず芽を出す」と口癖のように言っていた。よほど畑仕事が好きらしかった。傍に寄ると、いつも土の匂いがした。それはすっかり身体にしみこんでいて、何遍風呂に入ってもとれないものらしかった。痩せて、ごつごつしていて、それなのに手だけがものすごく大きかった。けっしてやさしくはなかった。どちらかというと、粗暴だった。

俺は子どもの頃、人見知りがはげしくて、学校にうまくなじめなかった。学校に行きたくない、と訴えても、親父は当然それを許さなかった。毎朝ランドセルを蹴飛ばされるようにして家を出された。

毎日泣かされて帰ってきて、それを親父に見つかると「男らしくない」という理由で頭を叩かれた。手が大きいし、力も強いからものすごく痛いのだった。だからいつも学校から帰ってきてしばらくは物置に隠れていた。泣いたことがばれないように。目の腫れがひくまで、ずっと。物置の中は暗くて狭かったから、懐中電灯を持ちこんで、そこでいつも漫画を読んでいた。漫画の主人公たちはみんな強くて、潔くて、かっこよかった。彼らの活躍を眺めていると、胸のすく思いがした。

学校や家ではいつもびくびくおどおどして、なりをひそめている俺が「生きている」と感じられるのは、物置で漫画の頁をめくっている時間だけだった。生きている。架空の物語を忙しく目で追うあいだだけ、俺はちゃんと生きていた。

年齢が上がるにつれて少しずつ人見知りはマシになったし、仲の良い友だちもできた。それもやっぱり漫画のおかげだった。へえ、お前絵うまいな。高校の教室で、そう声をかけられたあの日。あの日から、ずっと。ずっとずっと描いてきた。何のために。金のためじゃないなら、何のために？

わからない。ただ、もうひとりで足掻くのは嫌だ。そればかり思う。

鞄の中で、携帯が鳴った。着信音がマイムマイムだから、実家からだ。おそらく兄貴なのだろう。

「電話、鳴ってますけど」

スコップを動かす手をとめて、出なくていいんですか、と菫さんが言う。後でかけなおします、と答えている途中で、電話は切れた。すぐに、また鳴り出す。なんでマイムマイム、と田中さんが呟き、小さく吹き出した。慌てて、顔をうちわで隠している。

「……出てもらえますか、その音、気になるので」

菫さんが怖い顔をしているので、俺は渋々通話ボタンを押した。「まさきー」という、兄貴ののんびりした声が聞こえる。

「電話しただろ？　昨日。どうした？」

うん、いや、と言葉を濁していると、それにかぶせるように兄貴が「つうか、ブログどうした？」と言う。

「さっき颯斗が、真樹おじちゃんのブログが見られなくなったって騒いでたんだけど」

「……見てんのかよ、あいつ」

そりゃ見てるよ、と兄貴が笑う。颯斗も、俺も、みんな見てるよ。母ちゃんにも見せてるし、このあいだ消防団の飲み会でみんなに見せびらかしたよ、などと言い出した。

「やめろよ。デビューもしてないのに。恥ずかしいだろうが」

「何が恥ずかしいんだー」

間延びした兄貴の声が、庭に響き渡っている。

「俺なんかへのへのもへじしか描けないもん」

兄貴は、俺は別にやりたいこともなく家を継いだけど、お前は若いうちから目標を見つけていてえらい、お前ががんばっているから、俺もがんばろうって思う、いったい何が恥ずかしいんだ、というようなことをゆっくりゆっくり時間をかけて喋った。

携帯を持つ手がいつのまにか小さく震えていることに気づいた。兄ちゃん、と呼んだら、膝や手の甲や箱の蓋に熱い雫がぽたぽた落ちた。俺はどうやら、泣いているらしい。やわらかいものが手に触れた、と思ったら田中さんがハンカチを握らせてくれている。

「じゃあ、俺が漫画描くのやめたら、がっかりするかな。みんな」

うん？　と兄貴が訝しむような声を出した。電話の向こうで、受話器を持ち替える気配がする。ややあって、いや、と兄貴は答えた。

「別に、がっかりはしない。お前がそうしたいんなら、そうしろ」

茄子とピーマンがいっぱい穫れたから、また送るわ。と言って、兄貴は唐突に電話を切った。

「声の大きいお兄さんですね」

菫さんが無表情に言う。携帯が壊れてるんです、と説明しながら借りたハンカチで目元をごしごし拭いていると、田中さんが笑った。

ひとりじゃなかったですね、と言われてまた涙が零れた。椅子の上で膝を抱えて、しばらく泣いた。


どれぐらいそうしていたのか。ようやく顔を上げるとあたりはもう、うす暗かった。

「どうします？」

菫さんがこちらを見ていた。視線は俺の顔ではなく、膝の上の箱に注がれている。それはどうやら埋めるか、やめるかという意味らしかった。

俺は短くないあいだ考えて、そうしてやっと、答えた。

「埋めてください」

「え、いいんですか？」

田中さんが驚いたような声を出す。

「ほんとうに？」

「はい」

立ち上がって、菫さんに歩み寄った。

「俺にやらせてもらえますか」

菫さんは黙って頷き、スコップを差し出した。

五十センチほどの深さに掘られた穴の中に、そっと箱を置く。

スコップをそろりそろりと動かして、土をひと掬い、かけた。慎重に、土をかぶせていった。箱がすっかり見えなくなってしまうまで、幾度も同じ動きを繰り返した。

ふたりの女は並んで立ち、それを見ていた。ひとことも言葉を発しない。でも、地面に注ぐ眼差しのやわらかさは、祈りに似ていた。

庭を見渡す。なんだかおそろしいと最初に感じたこの庭は、今ではちょっと違って見える。

親父が言うように、蒔いた種が必ず芽を出すのなら。土に埋めた俺の夢も、きっと新しい夢を芽吹かせる。花が咲き、実を結ぶとは限らない。でも。

「あのペンがなくても、描けますから」

言ってから、描きますから、と言い直した。田中さんが「さっきみたいに、ですね」と頷いた。

「茄子とピーマン、届いたら、おすそわけに来ます」

このタイミングでこんなことを言う意味が自分でもよくわからないまま、俺はふたりに向かって言う。なぜか、兄貴のつくる野菜はすごくうまいのだ、とどうしてもこの人たちに伝えたい気がしたのだった。

「ありがとうございます」

田中さんが、夏野菜のカレーができますね、と言うと、菫さんがにや、と笑った。はじめて笑ったな、と思う。俺も笑った。

何のために描くのか、なんて、どうでもいい。見ていてくれる人は、ちゃんといる。ちゃんといた。

菫さんが空を仰ぎ見て、あら、と言う。見て、と東のほうを指さす。ちいさな星がひとつ、白い光をはなちながら、そこにいた。

本書は、二〇一五年六月にポプラ社より刊行された作品に、asta*
二〇一五年七月号掲載の短篇「夢の種」を加え、文庫化したものです。

ビオレタ

寺地はるな

2017年 4月 5日　第1刷発行
2023年 1月21日　第4刷

発行者　千葉 均
発行所　株式会社ポプラ社
〒一〇二-八五一九　東京都千代田区麹町四-二-六
ホームページ　www.poplar.co.jp
フォーマットデザイン　緒方修一
組版・校閲　株式会社鷗来堂
印刷・製本　図書印刷株式会社

N.D.C.913/292p/15cm
ISBN978-4-591-15435-9
落丁・乱丁本はお取り替えいたします。
電話(0120-666-553)または、ホームページ(www.poplar.co.jp)のお問い合わせ一覧よりご連絡ください。
※電話の受付時間は、月～金曜日10時～17時です(祝日・休日は除く)。

P8101322

活版印刷三日月堂

星たちの栞

ほしおさなえ

川越の街の片隅に佇む、昔ながらの活版印刷所・三日月堂。店主が亡くなり長らく空き家になっていたが、孫娘・弓子が営業を再開する。三日月堂にはさまざまな悩みを抱えたお客が訪れ、活字と言葉の温かみによって心が解きほぐされていくのだが、弓子もどうやら事情を抱えているようで――。

ポプラ文庫好評既刊

初恋料理教室

藤野恵美

京都の路地に佇む大正時代の町屋長屋。どこか謎めいた老婦人が営む「男子限定」の料理教室には、恋に奥手な建築家の卵に性別不詳の大学生、昔気質の職人など、事情を抱える生徒が集う。人々との繋がりとおいしい料理が、心の空腹を温かく満たす連作短編集。特製レシピも収録！